U0581758

本书撰稿人员名单

总撰稿

    黄中平

执行总撰稿

    唐建军

撰　稿

蔡书贵	宋维强	郭晓东	徐庆群	刘从德
李正华	王幸生	王志钢	曹　普	郑　剑
何　平	汪小亚	林晓光	唐　鑫	张杰军
王　烽	杨宜勇	徐振斌	邢　伟	潘　华
李　璐	费　平	陈颖梅	邢林池	王晓磊

十九集大型电视专题片解说词

改革开放30年纪实

黄中平 等著

人民出版社

责任编辑:田　园　徐庆群
装帧设计:周文辉
版式设计:周文辉

图书在版编目(CIP)数据

改革开放 30 年纪实/黄中平等著. –北京:人民出版社,2009.1
ISBN 978 – 7 – 01 – 007595 – 2

Ⅰ.改…　Ⅱ.黄…　Ⅲ.①电视系列片-解说词-中国-当代②
改革开放-成就-中国　Ⅳ.I235.2　D619

中国版本图书馆 CIP 数据核字(2008)第 205108 号

改革开放 30 年纪实

GAIGE KAIFANG 30 NIAN JISHI

黄中平等著

人民出版社 出版发行
(100706　北京朝阳门内大街 166 号)

北京新魏印刷厂印刷　新华书店经销

2009 年 1 月第 1 版　2009 年 1 月北京第 1 次印刷
开本:880 毫米×1230 毫米 1/32　印张:6.5
字数:77 千字　印数:0,001 – 5,000 册

ISBN 978 – 7 – 01 – 007595 – 2　定价:14.00 元

邮购地址 100706　北京朝阳门内大街 166 号
人民东方图书销售中心　电话 (010)65250042　65289539

目 录 CONTENTS

第一集　农村改革

【农村改革】

　　一个伟大事件对社会发展的作用,往往会随着岁月的推移而逐渐彰显出来。

　　30年前,具有重大历史意义的中共十一届三中全会在北京京西宾馆召开。在邓小平的领导下和老一辈无产阶级革命家的支持下,全会果断作出了把党和国家的工作重点转移到社会主义现代化建设上来和实行改革开放的战略决策,实现了新中国成立以来中国共产党历史上的一次伟大转折,开启了改革开放历史新时期。

　　从那时以来,改革开放成为当代中国的主旋律,历史性地改变了神州大地的面貌。而改革的序曲,首先在中国农村奏响。

历史上,中国是一个东方农耕文明古国,农业长期是中国的立国之本。

新中国成立后,中国共产党一贯重视农业、农村、农民问题。中国成功地完成了土地改革和农业合作化,调动了农民的积极性,提高了农业生产力。然而,后来实行以"一大二公"为主要特征的人民公社体制,严重地脱离了农村的生产力水平,使农村经济社会发展遭受曲折。

改革开放的气息如春风般吹拂辽阔的田野,农民中蕴藏的巨大生产热情又一次被激发出来。

1978 年 12 月的一个晚上,在中国南部安徽省凤阳县一个小村庄,18 个农户的 21 个农民聚集在一起,庄重地在一张"包产到户"的协议上摁下红手印。协议约定将集体的土地分配给每个家庭单独耕作,同时保证完成上交给国家的公粮。这一举动,拉开了农村改革的序幕。

凤阳的土地承包改革,受到了当地各级领导干部的默认与支持,也引起了社会的争议。在这个关键时刻,邓小平提出要尊重农民的意愿和选择,鼓励群众大胆地去试。后来,邓小平将家庭联产承包责任制称为"中国农民的伟大创造"。

1982 年,中共中央第一个农村工作"一号文件"正式出台,肯定了包产到户的做法。家庭联产承包责任制使农民有了真正的经营自主权,充分调动了农民的生产积极性,提高了农业生产效率,逐步在全国大力推广。

随着改革的推进,原有的农村管理体制已不适应新的形势。

1979 年春天,四川省广汉县向阳镇悄悄地摘下了人民公社的牌子,一面崭新的向阳乡人民政府的牌子挂了起来。

1982 年,修改后的《中华人民共和国宪法》宣布废除政社合一的人民公社体制,在基层设立乡一级政府。

废除人民公社,实行以家庭承包经营为基础、统分结合的双层经营体制,解决了中国社会主义农村经济体制的重大问题。

1983 至 1986 年,中共中央又连续发布 4 个农村工作"一号文件",推动农村改革进一步深入。

以家庭联产承包责任制为核心内容的农村第一步改

革,极大地解放了农村生产力,农民生活得到显著改善。1984年,中国人均粮食拥有量达到800斤,已接近世界平均水平,基本解决了温饱问题。中国创造了用世界9%左右耕地养活世界20%人口的奇迹。

随着家庭联产承包责任制和农村产业结构调整的推进,乡镇企业如雨后春笋般在广大农村地区出现,一大批新型农村小城镇和乡镇工业园区迅速崛起。经过30年的发展,乡镇企业已成为中国国民经济的重要组成部分。2007年,乡镇企业完成国内生产总值占中国国内生产总值近28%,对农民的收入贡献率达到36.3%。

家庭联产承包责任制的推行和乡镇企业"异军突起",带动了中国农村经济的腾飞。

农村改革的突破和成功,也对全国的经济体制改革提供了重要借鉴,为农村逐步实现现代化,促进工业和整个经济的改革和发展,开辟了一条新路。

农村的发展使数亿农民从土地的束缚中解放出来。这是一场轰轰烈烈的迁移与闯荡,2亿多农民通过不同方式走出乡村,转到非农业部门就业。他们来到沿海、来到城市寻找工作,为中国工业化和城镇化作出了特殊的重要贡献。

1993 年,中央出台了在原土地承包期到期后再延长30 年的政策。家庭联产承包责任制进一步完善,又一次调动了农民的生产积极性。1996 年粮食总产量突破 1 万亿斤大关。

20 世纪 90 年代,以市场为取向的农村改革继续深化。棉花市场和粮食市场陆续放开,农村市场体系逐步完善。农民专业合作经济组织、农村专业大户队伍不断壮大,农村市场主体呈现出多元化面貌。

1996 年,江泽民提出进行一次新的农业科技革命。国家先后制定了《农业科技发展纲要》、"农业高新技术产业化计划"等,大大加快了农业科技的发展。

农业可持续发展,是农业和农村发展的长远大计。1998 年,中央明确提出"实现农业可持续发展"的方针,随后国家制定了"21 世纪农业行动计划"。很多生态重点保护地区实施退耕还林、还草,农村生态环境不断得到改善。

1999 年,中共中央提出把增加农民收入作为农村工作的中心任务,随后出台了调整农业、农村经济结构和改革农村税费的一系列政策,切实减轻了农民负担,促进了农民收入的增长。

进入 21 世纪,中国农村的面貌进一步发生了根本性

8

变化,农村总体上进入小康阶段。2001年,农民人均收入2366元,农民百户拥有的彩电数量54台,电话普及率达到30%,住房条件大大改善。

在新世纪新阶段,中共十六大首次提出,要"统筹城乡经济社会发展,建设现代农业,发展农村经济,增加农民收入。"2005年,中共十六届五中全会进一步提出了建设"生产发展、生活宽裕、乡风文明、村容整洁、管理民主"的社会主义新农村的重大历史任务。

中央实行"多予少取放活"和"工业反哺农业、城市支持农村"的方针,2004年至2008年连续出台五个"一号文件",分别作出了关于增加农民收入、提高农业综合生产能力、建设社会主义新农村、发展现代农业和加强农业基础等重大决策,一系列支农、惠农政策得到完善和强化。

2005年12月,十届全国人大常委会第十九次会议决定,从第二年起废止实行多年的《农业税条例》。农民种地从此不用交税了,不仅不交税,农民还能从政府领取各种补贴。2008年,仅粮食直补、良种补贴、农机具购置补贴、农资综合直补等"四补贴"资金就达1028.63亿元。得知农业税废止的消息之后,河北灵寿县清廉村的农民王三妮自己出钱,亲手铸造了一个"告别田赋鼎"。

一个普通农民,用这种特殊方式表达出自己的历史感怀。

2002 年 8 月,《农村土地承包法》颁布,将改革开放以来中央一系列行之有效的农村土地承包政策上升为法律。

2007 年 3 月通过的《物权法》,进一步明确了农村承包经营权的用益物权性质。

2008 年 10 月,中共中央强调,现有土地承包关系要保持稳定并长久不变,从而赋予农民更加充分而有保障的土地承包经营权。

随着农村综合改革的不断深化,国家投资开始由以城市建设为主转向更多支持农村建设,公共财政不断向农村倾斜,各级财政支农资金持续增加。从 2001 至 2007 年,中央财政直接用于"三农"的投入高达 19000 多亿元。

传统农业开始转向现代农业,环保、健康、高效、可持续的农业生产方式得到积极推广,一条中国特色的农业现代化之路正在逐步形成。

在推进农业结构战略性调整中,中国积极发展农业产业化经营,不断促进农产品加工业结构升级。截至 2007年底,全国各类农业产业化组织总数为 171608 个,带动农户 9511 万户,农户从事产业化经营年户均增收 1649 元。

今天,中国总体上已经进入以工促农、以城带乡的发

展阶段。

2008 年 10 月,中共十七届三中全会通过了《中共中央关于推进农村改革发展若干重大问题的决定》,强调要把建设社会主义新农村作为战略任务,把走中国特色农业现代化道路作为基本方向,把加快形成城乡经济社会发展一体化新格局作为根本要求,提出了当前和今后一个时期推进农村改革发展的总体思路,描绘了中国农村经济社会发展的宏伟蓝图。

数字30年→

中国粮食总产量由 1978 年前的 6000 多亿斤增加到 2007 年的 10030 亿斤;中国农民年人均纯收入由 1978 年的 134 元增加到 2007 年的 4140 元;中国农村贫困人口由 1978 年的 2.5 亿减少到 2007 年的 1479 万。

30 年来,中国的农村已经发生了沧桑巨变。经过了与贫穷长期不懈的斗争,今天,中国农民的脸上展现着平和、坚定和轻松。他们细心体味从温饱到小康的每一个微小变化,对建设社会主义新农村充满期待和信心。

第二集　国有企业改革

【国有企业改革】

　　中国北方渤海湾内有一个古老的沙洲，相传有一位古代皇妃埋葬于此，因此，这里被称为曹妃甸。

　　如今，这里是中国最大的建设工地。87公里长的围堤将整个沙洲包揽怀中，它将变成中国北方一个重要的深水港区，面积相当于纽约的曼哈顿。

　　承担实施这一宏伟工程的是中国交通建设集团。今天的中国交通建设集团，被《财富》杂志列为世界500强企业之一。在改革开放中，它已成长为能够把握市场机遇、应对国际市场挑战的新型国有企业。

　　20 世纪 50 年代,新中国开始建设一汽、鞍钢等第一批工业基地。人们常说,国有企业是在"一穷二白"的基础上起家的。这是共和国重要的创业时期。中国第一台自主品牌的卡车、第一台内燃机车、第一列电力机车、第一艘万吨巨轮以及太空技术都是在此后的艰苦岁月中诞生。一大批国有企业从无到有地成长起来,成为国民经济的支柱。

　　20 世纪 70 年代末,中国步入以经济建设为中心的轨道中来,对现代化的热切渴盼再一次点燃了人们心中的创业激情。然而,在计划经济体制下,国有企业的弊端逐渐显现出来,企业缺乏活力、效率低下。

　　早期的国企改革,是从扩大企业生产经营自主权开始的,人们称之为"放权让利"。1978 年 10 月,四川宁江机床厂等 6 家企业推行放权让利改革试点,允许企业年终完成计划后提留少量利润,作为企业基金,向职工发放少额奖金。这一年年底召开的中共十一届三中全会提出,要让企业有更多的经营管理自主权。

1983 年,国有企业推行"利改税"改革,企业由上缴国家利润改为向国家缴纳税金。"利改税"进一步扩大了企业的自主权,增加了国家财政收入。

1984 年 5 月,国务院发布《关于进一步扩大国营工业企业自主权的暂行规定》,明确规定企业拥有更大的生产经营自主权。与此同时,一些国有企业开始进行承包责任制的试点,实行上缴利润递增包干的办法。

1984 年秋召开的中共十二届三中全会确定了"两权分离"即生产资料所有权和经营权分离的改革思路。在这一思路的指导下,承包制在全国范围内迅速推广。

国有企业通过推行利润留成、利改税、承包经营等多种改革,改善了高度集中的管理模式,调整了国家与企业的责权利关系,进一步明确了企业的利益主体地位,调动了企业和职工的生产经营积极性,增强了企业活力,使国有企业释放出巨大的生产力。1986 年至 1988 年,国有工业实现利润和上缴税金从 1193 亿元增长到 1558 亿元,全员劳动生产率从 4% 增长到 9.3% ,出现了一批以首钢、二汽等为代表的搞得活、效益好、有后劲的企业。

在市场经济的浪潮中,国有企业同样经受着日益激烈的竞争法则的考验。

1986年8月，辽宁省沈阳市防爆器械厂宣布破产。这是新中国成立后第一家正式宣布破产的公有制企业。就在这年12月，全国人大常委会通过了新中国第一部《企业破产法（试行）》。

1992年，中共十四大确立了社会主义市场经济体制的改革目标。与此相适应，中国的国有企业改革应该确定什么样的方向，才能进一步增强活力，使企业真正成为市场竞争的主体？

1993年11月，中共十四届三中全会明确提出，国有企业要建立"产权清晰、权责明确、政企分开、管理科学"的现代企业制度。当年12月，全国人大常委会通过《公司法》，为国有企业公司化改组、建立现代企业制度，提供了法律依据。

从1994年开始，国务院决定在100家国有企业进行建立现代企业制度试点，核心内容是实现企业的股份制改革。此后，为解决企业改革的重点和难点问题，在若干城市开展了以企业"增资、改造、分流、破产"为主要内容的"优化资本结构"试点。

1997年中共十五大提出，要着眼于搞好整个国有经济，抓好大的，放活小的，对国有企业实施战略性改组。

"抓大放小"、"有进有退"成为人所共知的新词汇。它的
含义是:国家大力培育实力雄厚、竞争力强的大型企业和
企业集团,对于中小国企则采取改组、联合、兼并、股份合
作制、租赁、承包经营和出售等多种形式放开搞活。针对
这一时期国有企业严重亏损状况,从 1997 年开始,政府
大力实施国有企业扭亏脱困的三年计划。

这是国有企业一个异常艰难的时期,也是一场国有
企业改革的攻坚战。

减员增效、下岗分流、再就业工程、分离企业办社会、
技改、公司制改造……以推进建立现代企业制度试点为
切入点,为了成为"自主经营、自负盈亏、自我发展、自我
约束"的市场经济主体,国有大中型企业经历了凤凰涅
槃式的改革阵痛。

中国政府采取了一系列经济和社会手段帮助企业渡
过难关。中央政府增加了银行核销呆坏账的准备金,支持
国有大中型企业兼并破产;财政出资,成立金融资产管理
公司,以"债转股"方式扶持部分有市场前景的重点企业。
通过一系列政策,到 2000 年,国有企业开始走出困境。

抓大放小、战略性改组、调整所有制结构,探索公有
制多样化的实现形式,一大批国有中小企业浴火重生,得

以放开搞活。

国民经济布局和结构的战略性调整取得了明显成效。到 2002 年,15.9 万户国有控股企业中,50% 以上实行了公司化改造,一批具有较强竞争力的国有及国有控股企业走向市场。

股份制成为国有企业改革的重要形式。中央企业及其下属子企业的公司制股份制改制面由 2002 年的 30.4% 提高到目前的 64.2%。在 A 股市场的 1500 多家上市公司中,含有国有股份的上市公司有 1100 多家,在香港、纽约、新加坡等境外资本市场上市的中央企业控股上市公司多达 78 户。

2002 年,中共十六大提出深化国有资产管理体制改革,建立全新的国有资产管理体制。中央政府和地方政府分别代表国家履行出资人职责,享有所有者权益。新的管理机制使国有资产的权利、义务和责任走向统一,管资产、管人、管事充分结合。

2003 年 4 月 6 日,国务院国有资产监督管理委员会挂牌成立,这个特设机构代表政府履行国企出资人的职责,解决了国有资产多头管理、出资人不到位和责任不落实等体制障碍。

中央、省、市(地)三级国有资产监管机构相继组建，19
《企业国有资产监督管理暂行条例》等法规规章相继出
台。在国有企业中,逐步实施企业负责人经营业绩考核,
国有资产保值增值责任层层落实,国有资产监管进一步
加强。中国国有企业改革由此进入了一个新的阶段。

自2003年以来,国资委先后组织了100家(次)中央
企业的103个高级经营管理职位向海内外进行公开招
聘,从5985位应聘人员中,为中央企业选拔出91名高级
管理人员。

从2004年开始,已有19户中央企业进行了董事会
试点。董事会制度建设实现了决策权与执行权制衡,消
除了"一把手权力过大"的弊端,实现了国有企业法人治
理的科学化,降低了企业的经营性风险。国有企业法人
治理结构逐步完善,股东会、董事会、监事会、经理层各负
其责、协调运转、有效制衡的机制正在形成。

国有企业改革是整个经济体制改革的中心环节。改
革开放30年来,国有企业实现了从政府行政机关的附属
向市场主体的转变,国有经济的运行质量和发展速度有
了显著提高,国有经济的控制力和影响力大大增强。

如今的143家中央企业,不仅掌握着关系中国国家

安全和国民经济命脉的重要行业和关键领域,而且积极地参与全球市场竞争。

中国国有经济的快速发展和显著变化,得到国内外的广泛关注和普遍认可。2008年7月,在《财富》杂志公布的最新一期世界500强企业中,中国上榜企业35家,内地企业26家,其中中央企业19户。

30年来,中国探索出一条搞活国有经济的独特道路。在中国特色的社会主义市场经济体制下,国有企业不仅实现了改革,而且得到发展和壮大。在未来,中国的国有企业改革仍将不懈前行,国企竞争力仍将逐步增强。

它们在创造奇迹,它们就是奇迹本身。

数字30年

2002至2007年,中国国有企业销售收入从8.53万亿元增长到18万亿元,年均增长16.1%;实现利润从3786亿元增长到16200亿元,年均增长33.7%,国有资产保值增值率达到144.4%。这是一个快速发展的五年,走出改革瓶颈的国有企业展现了强劲的增长潜力。

第三集　经济体制改革

【经济体制改革】

今日中国的城市和乡村,市场无处不在,它给亿万中国人民的生活带来巨大变化。

在计划经济年代,城市居民购买大多数生活必需品,都需要和各种票证打交道。

30年后,随着各类市场在中国的兴起与发展,人们的生活变得五彩斑斓。社会主义市场经济在中国创造出了引人瞩目的奇迹。

24

在熙熙攘攘的北京王府井大街上，矗立着闻名遐迩的王府井百货大楼。它是北京市商业中心的象征，在很长的时间里，它也是北京唯一的大型综合商店。这是公有商业"一统天下"的一个缩影。

新中国成立后，面临复杂的国际国内环境，中国逐步建立起以全民所有制和集体所有制为基础、高度集中的计划经济体制。这套体制对于中国在较短的时间内建立起比较完备的工业体系和国民经济体系，曾发挥过重要的作用。然而，随着国民经济的发展，这一体制的弊端也日益显露出来：社会资源的配置主要依靠政府指令性计划指标来实现，长期忽视商品生产、价值规律和市场的作用，导致社会生产和需求严重脱节，大部分基础产品供应出现短缺，严重影响了人民群众的生活。

中共十一届三中全会在作出改革开放的重大决策时，也提出了改革经济管理体制的任务。

20 世纪 70 年代末，中国的理论界开始反思计划经济体制的弊端，对计划与市场的关系进行讨论。中国领

导人也在思索经济体制改革的方向。

1979 年 11 月,邓小平在会见外国客人时语出惊人。他说:市场经济不能说只是资本主义的,社会主义也可以搞市场经济。稍后他又提出,要在计划经济指导下发挥市场调节的辅助作用。

在实践中,农村改革的开展和成功,在各地催生出无数以农民为主角的农村集贸市场,推动着广大农村的繁荣。个体商业在城市的胡同里恢复生机,大量店铺涌现出来。城乡个体经济得到恢复和发展,促进了社会就业,满足了城乡人民的生活需要。城乡市场的发展,推动中国经济体制向市场化取向改革不断迈进。

1984 年 10 月,中共十二届三中全会通过《中共中央关于经济体制改革的决定》,提出发展"公有制基础上的有计划的商品经济",首次突破了社会主义与商品经济的对立,明确了中国经济体制改革的市场取向。

对于这个《决定》,邓小平这样评价:"这次经济体制改革的文件好,就是解释了什么是社会主义,有些是我们老祖宗没有说过的话,有些新话。"

然而,在由计划向市场转型的过程中,改革的任务充满着复杂性和艰巨性。

从20世纪80年代中期到90年代初,中国经济体制改革围绕企业、价格、宏观管理进一步展开。试行承包制、租赁制,企业所有权与经营权分开,增强企业活力;价格体系从实行"双轨制"向市场化价格转变;放宽投资审批权限,强化宏观调控下的市场机制对企业和地方的约束力……一系列改革措施使原有经济体制对整个经济活动的作用明显缩小,市场机制的作用范围日益扩大。

到20世纪90年代初,改革开放已经深刻改变了中国城乡的面貌。但计划与市场的争论并没有停止。

1992年初,中国改革开放正处在关键时刻,邓小平视察武昌、深圳、珠海、上海,发表了著名的"南方谈话"。他说:"计划经济不等于社会主义,资本主义也有计划;市场经济不等于资本主义,社会主义也有市场。计划和市场都是经济手段。"这个谈话为进一步解放思想、建立社会主义市场经济体制奠定了思想基础。

1992年6月9日,江泽民在中央党校省部级干部进修班上作重要讲话,要求深入贯彻落实邓小平"南方谈话"精神,明确提出"社会主义市场经济"这一新提法。

在这一年召开的中共十四大上,中国经济体制改革的目标得到郑重确认。党中央明确提出,改革的目标是

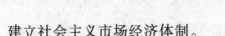
建立社会主义市场经济体制。

把社会主义基本制度和市场经济结合起来，建立社会主义市场经济体制，使市场在社会主义国家宏观调控下对资源配置起基础性作用，这是中国共产党进行理论和实践探索取得的重大突破，是前无古人的伟大创举。

1993 年 11 月，中共十四届三中全会通过了《中共中央关于建立社会主义市场经济体制若干问题的决定》。这个《决定》把中共十四大确定的经济体制改革目标和基本原则加以系统化、具体化，初步构筑起了社会主义市场经济体制的基本框架，是中国建立社会主义市场经济体制的第一个总体设计。由计划经济体制向社会主义市场经济体制的转变，实现了中国改革开放新的历史性突破，打开了中国经济、政治和文化发展的崭新局面。

在建立社会主义市场经济体制过程中，财政、税收、金融、外贸、外汇、计划、投资、价格、流通和住房等方面的体制改革全面推进，金融市场、劳动力市场、房地产市场、技术市场和信息市场开始形成。

快速发展的社会主义市场经济，以前所未有的深度与广度影响着人们的生活。

随着社会主义市场经济体制改革的进一步深化，中国的国有经济在改革调整中得到进一步发展。城乡集体经济也在改革、重组中得到了新的发展。个体、私营、外资等非公有制经济蓬勃发展,成为推动国民经济快速发展的重要力量。以公有制为主体、多种所有制经济共同发展的格局基本形成。

1997 年,中共十五大把这种格局确立为社会主义初级阶段的基本经济制度。这是对中国特色社会主义道路的一个重大贡献。

2004 年召开的这次人大会议,通过了一项宪法修正案。修正案明确规定,国家保护个体经济、私营经济等非公有制经济的合法权利和利益,鼓励、支持和引导非公有制经济的发展。

截至 2007 年,中国登记注册的民营企业近 600 万户,注册资金总额超过 9 万亿元,从业人员达 7100 万人。一批在国内外市场上有竞争力的民营大公司大集团正在形成。

在社会主义市场经济体制下,市场这只"看不见的手"出现了一些失灵的领域,这就需要政府这只"看得见的手"来发挥作用。

在中国经济加速发展过程中,1993 年就曾出现了经济过热现象。经过 3 年的宏观调控,中国经济成功实现了从发展过快到"高增长、低通胀"的"软着陆",呈现稳定增长的勃勃生机。

在改革中,一些在计划经济时期发挥过重要作用的政府部门完成了历史使命,另一些新的政府部门得以组建,适应社会主义市场经济体制的新型政府管理体制正在建立和完善。中国政府形成了一整套宏观调控部门,努力建设服务型政府。

进入新世纪,中共十六大根据世界经济科技发展新趋势和中国经济发展新阶段的要求,提出了本世纪头20年经济建设和改革的主要任务是:完善社会主义市场经济体制,推动经济结构战略性调整,基本实现工业化,大力推进信息化,加快建设现代化,保持国民经济持续快速健康发展,不断提高人民生活水平。

2003年秋,中共十六届三中全会通过了《中共中央关于完善社会主义市场经济体制若干问题的决定》,明确提出了完善社会主义市场经济体制的目标和任务,强调更大程度地发挥市场在资源配置中的基础性作用,建立健全现代产权制度,增强企业活力和竞争力,健全国家宏观调控,完善政府社会管理和公共服务职能。

今天,中国社会主义市场经济体制已经初步建立,正

在加快形成统一开放竞争有序的现代市场体系。中国在国有资产管理体制、国有企业和金融、财税、投资、价格、科技等领域改革取得了重大进展。

2007年10月,中共十七大提出,要完善社会主义市场经济体制,推进各方面体制改革创新,加快重要领域和关键环节改革步伐,着力构建充满活力、富有效率、更加开放、有利于科学发展的体制机制,为发展中国特色社会主义提供强大动力和体制保障。

新时期最鲜明的特点是改革开放,最显著的成就是快速发展。中国经济从一度濒于崩溃的边缘发展到总量跃至世界第四。经济结构不断改善,经济质量逐步提高。经济体制改革的成功使中国社会主义市场经济不断完善,推动中国以世界上少有的速度持续快速地发展起来,使广大中国人民走上了富裕安康的广阔道路。

数字30年→

30年来,中国国内生产总值年均增长9.88%,是同期世界经济增长速度的2.8倍;1978年中国国内生产总值只有3645亿元,2007年达到249530亿元,增长了67倍。

第四集　收入分配制度改革

【收入分配制度改革】

　　1979年,一部名叫《乔厂长上任记》的小说发表后,在社会上引起了强烈反响。小说反映了改革前由于干多干少一个样、干好干坏一个样而造成国营企业效率低下的现象,塑造了对企业负责、敢于向以平均主义为基础的收入分配体制开刀的主人翁乔光朴的形象。这部小说折射出的,是当时人们对进一步改革收入分配制度,以便更好地激发活力、促进发展的强烈愿望。

34

　　早在 1978 年,邓小平在中共中央工作会议上就指出,要允许一部分地区、一部分企业、一部分工人农民,由于辛勤努力成绩大而收入先多一些,生活先好起来。他认为,一部分人生活先好起来,就必然产生极大的示范力量,使全国各族人民都能比较快地富裕起来。

　　邓小平关于允许一部分地区、一部分人先富起来,最终实现共同富裕的思想,对中国收入分配制度改革产生了深远影响,在整个经济改革和发展中发挥了重大的作用。

　　中国分配制度改革是从打破平均主义"大锅饭"入手的,改革的目的是使收入分配体现奖勤罚懒、多劳多得原则,充分调动全体劳动者的积极性。

　　平均主义首先在农村打破。随着农村家庭联产承包责任制的普遍实行,新的分配方式出现了。"缴够国家的,留足集体的,剩下都是自己的",联产承包责任制不仅正确处理了国家、集体、个人之间的分配关系,也充分体现了按劳分配原则。短短几年间,几亿农民的肚子填饱了,

钱袋子充实了,人们享受着丰收带来的实实在在的喜悦。 *35*

在城镇,企业开始纠正长期存在的平均主义"大锅饭"倾向。1978 年,国营企业恢复奖金制度,一些地区和部门有条件地推行计件工资制。部分企业开始试行职务工资和浮动工资等办法,使职工工资收入同企业经营好坏和个人劳动贡献密切联系起来。

1982 年,中共十二大明确提出,必须贯彻马克思主义的物质利益原则,建立和实行多种形式的经济责任制,贯彻按劳分配原则,推动社会生产力的发展。

改革开放的总设计师邓小平对收入分配制度的改革进程十分关注。一个偶然的机会,邓小平了解到,在他身边工作的一位护士的丈夫,从 1959 年起当医生,工作了 20 多年还是每月 70 多元的工资。他提出,这种现象应该尽快解决。

1985 年,国家机关和事业单位迎来了改革开放以来的第一次工资制度的改革和调整,开始建立以职务工资为主的结构工资制。

企业工资制度也在进行全面改革。国家通过实行工资总额同经济效益挂钩的办法,在企业内部采取结构工资、浮动工资和岗位技能工资制等灵活多样的工资分配

形式,初步打破了企业吃国家"大锅饭"的状况。

随着改革的进一步深化,乡镇企业、个体私营企业和"三资"企业迅速发展,全社会收入分配方式不断拓展。

1987 年,中共十三大第一次提出以按劳分配为主体、其他分配方式为补充的原则,在这次会议上,"合法的非劳动收入可以参加分配"得到明确肯定。

新的分配政策激发了广大人民群众的生产热情,形成了巨大的社会生产力,提高了城乡人民的收入水平。人们的生活得到明显改善。

1993 年,中共十四届三中全会明确提出,"个人收入分配要坚持以按劳分配为主体、多种分配方式并存的制度",并指出,要允许生产要素参与收入分配。这就确立了社会主义初级阶段的基本分配制度。

债券、股票、红利、溢价……各种现代经济术语不断涌现,它们使中国人的财富观念发生了前所未有的变化。

在市场经济条件下,人们不仅认识到劳动的各种差别,也开始通过市场化的方式来寻找适合自己的工作机会和报酬。与此同时,资本、技术、管理经验及知识产权等要素得到尊重,创业热情被极大地激发起来。

1997 年,中共十五大继续强调,坚持按劳分配为主体、多种分配方式并存的制度,进一步提出把按劳分配和按生产要素分配结合起来,依法保护合法收入,允许和鼓励资本、技术等生产要素参与收益分配。这是在社会主义市场经济条件下收入分配理论和实践上的重大创新。

2002 年,中共十六大确立劳动、资本、技术和管理等生产要素按贡献参与分配的原则,完善按劳分配为主体、多种分配方式并存的分配制度;提出"初次分配注重效率,再分配注重公平"。

完善的分配制度营造出鼓励人们干事业、支持人们干成事业的社会氛围,使一切劳动、知识、技术、管理和资本的活力竞相迸发。在神州大地,创造财富的动力得到充分展现。

市场经济是一种优胜劣汰的经济,有其自身的弱点和消极方面。只有正确处理效率与公平的关系,才能避免市场经济带来贫富悬殊等消极问题。

中国政府认识到,收入分配问题解决好了,社会公平就能够得到维护和实现,各方面的社会关系才能得到协调,人们的积极性才能充分发挥出来,整个社会才能充满活力。

在改革过程中,城乡之间、不同地区、不同行业之间收入差距的出现和变化,推动着收入分配制度改革的进

一步深化。

2005 年,中共十六届四中全会提出,"完善收入分配制度,规范收入分配秩序"是构建社会主义和谐社会制度建设的重要内容之一。

从 2005 年起,中国开始提高个人所得税的起征点,从每月 800 元先后提高到 1600 元和 2000 元,使中低收入人群更多获益。

2006 年,中国政府在全国范围内推行机关、事业单位工资制度改革,建立了适应时代需要的新机制,加强了工资的激励作用,并向基层和艰苦边远地区倾斜。

2007 年,中共十七大提出,要坚持和完善按劳分配为主体、多种分配方式并存的分配制度,健全劳动、资本、技术、管理等生产要素按贡献参与分配的制度,初次分配和再分配都要处理好效率和公平的关系,再分配更加注重公平。

合理的收入分配制度是社会公平的重要体现。中共十七大坚持和完善社会主义收入分配制度,这些新举措不仅具有实际的经济影响,而且具有重要的政治意义,标志着中国更加重视改善民生,努力实现社会公平,推动社会和谐发展。

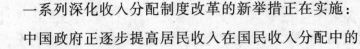

一系列深化收入分配制度改革的新举措正在实施：　*39*

中国政府正逐步提高居民收入在国民收入分配中的比重，提高劳动报酬在初次分配中的比重；

2005 年到 2007 年，中国连续三年提高基本养老金。同时，还适当提高优抚对象等人员抚恤和生活补助标准和城市低保对象的补助水平；

为了确保让广大群众真正分享改革开放和社会主义现代化发展成果，中国政府将着力提高低收入者收入，逐步提高扶贫标准和最低工资标准，建立企业职工工资正常增长机制和支付保障机制。

今天，走向富裕的人民群众的收入来源正在不断扩大。

中国政府不断创造条件使更多群众拥有财产性收入，逐步扩大中等收入者比重。

中国政府依法保护合法收入，调节过高收入，取缔非法收入，并采取切实措施扩大转移支付，强化税收调节，打破经营垄断，创造机会公平，整顿分配秩序，逐步扭转收入分配差距扩大趋势。

这是一个共同发展的时代，也是共同分享改革发展成果的时代。

40

改革开放以来,随着中国收入分配制度改革不断深化,劳动、资本、技术和管理等生产要素按贡献参与分配的原则逐步确立,按劳分配为主体、多种分配方式并存的分配格局逐步形成。

随着国民经济的持续快速健康发展,城乡居民收入较大幅度地增长,社会保障制度改革取得长足进展,城镇困难群众基本生活保障水平相应提高,人民生活总体上达到了小康水平。

数字30年→

30 年来,城镇居民人均可支配收入由 343.4 元增长到 13786 元;农民人均纯收入由 134 元增长到 4140 元。30 年来,中国人均收入出现了跨越式增长。世界银行公布的数字表明:近 25 年来,全人类取得的扶贫事业成就中,67% 的成就应归功于中国。

随着中国收入分配制度的不断完善,科学合理、公平正义的社会收入分配体系呈现在世人面前。它使全体人民共同分享改革与发展成果,谱写出更加美好的生活新篇章。

第五集　金融体制改革

改革开放30年纪实

【金融体制改革】

30 年前,在各地的中国人民银行里,经常可以见到很多人排着队领取工资,人们除了在这里办理存取款业务,很少涉足其他金融活动。

今天,不同金融机构提供的信用卡、支票、保险及理财基金等众多金融产品已经走入寻常百姓家,现代金融深刻地影响着中国人的日常生活。

金融是现代经济的核心。30 年来,中国现代金融体系逐步形成和完善,已经成为社会主义市场经济体制的重要组成部分。

如今,中国人民银行已经成为中国的中央银行,它负责全国金融的宏观决策,在国务院领导下独立制定和执行货币政策。而30年前的一段岁月里,它包揽了一切金融业务,既是负责金融管理的国家机关,又是从事存贷款、结算等业务活动的经济组织。

随着改革开放的启动,商品经济的快速发展对高度集中的计划性金融体系提出了新的要求。

1979年以后,中国陆续恢复或分设了中国农业银行、中国银行、中国人民建设银行和中国工商银行,基本形成了国家专业银行体系。

与此同时,多家股份制商业银行陆续成立,城市信用社蓬勃发展,保险公司、信托投资公司、财务公司、金融租赁公司等其他金融机构快速成长。

1984年,国务院决定,中国人民银行专门行使中央银行职能,不再办理任何工商信贷和储蓄业务。

1994年,中国相继成立国家开发银行、中国进出口银行和中国农业发展银行等三家政策性银行。

一个以中央银行为领导、政策银行和国有商业银行为主体、多种金融机构分工协作的金融组织体系基本形成。

随着金融机构数量的迅速增加和金融活动的日趋活跃,中国人民银行发挥金融调控、金融监管职能的重要性日益凸显出来。

1998 年 1 月,中国人民银行将商业银行信贷资金管理由指令性计划改为指导性计划,这标志着中央银行金融宏观调控从直接调控转向间接调控。

中国人民银行稳步推进利率市场化改革,利率浮动范围逐步扩大,利率档次不断简化,灵活的利率政策对宏观经济的调控功能日益凸显。

中国人民银行灵活运用各种有效手段进行金融调控,如:调整存款准备金率,开展公开市场操作,通过信贷政策进一步优化信贷结构等。这些举措为维护国民经济总量平衡、促进经济又好又快发展发挥了重要作用。

中国政府高度重视维护金融稳定和金融安全,始终把加强监管作为金融工作的重中之重。

中国金融业经历了最初由人民银行负责金融监管到

银行、证券、保险实行分业监管的演变过程。

1992 年 10 月,中国证监会成立;1998 年 11 月,中国保监会成立;2003 年 4 月,中国银监会成立。它们与中国人民银行一起,形成了"一行三会"的金融管理架构,为中国的金融安全提供制度上的保障。

中国政府及时采取有力措施化解历史形成的金融风险。1999 年相继成立了华融、信达、长城、东方四家金融资产管理公司,成功剥离消化了四家国有独资商业银行的不良贷款。

国有商业银行是中国银行业的主体,在中国银行业改革中起着关键性作用。2003 年 9 月,中共中央、国务院决定对国有商业银行实施股份制改革。2005 年至 2007 年,交通银行、中国银行、中国建设银行、中国工商银行先后顺利完成股份制改造并全部实现了香港和上海两地上市。中国农业银行的股份制改革正在稳步实施。

股份制改革实现了国有资本的保值增值,进一步提高了中国银行业的创新能力和国际竞争力。经过改革,四家国有商业银行资本充足率平均从 2003 年末的 2.1% 增长为 2007 年末的 13.2%;不良贷款率从 16.8% 下降为 2.8%。2007 年四家股改银行平均资产利润率为

1.1%,平均资本利润率为 15.6%,基本达到国际先进
水平。

农村信用社是农村金融主力军。2003 年,中国开始
实施农村信用社改革,目前已取得重要进展和阶段性成
果。农村信用社历史包袱得到有效化解,产权制度改革
稳步推进,服务"三农"的功能不断增强。

截至 2007 年末,全国农村信用社已连续三年实现盈
利。目前,村镇银行、农村资金互助社、贷款公司等相继
成立,初步形成了符合三农特点的"多层次、广覆盖、可
持续"的农村金融体系,支农作用不断增强。

汇率形成机制的市场化改革稳步推进。1994 年,中
国宣布人民币汇率并轨,实行以市场供求为基础,单一
的、有管理的浮动汇率制度。从 1996 年起,中国开始实
行人民币经常项目完全可兑换。2005 年 7 月,中国政府
启动了新的人民币汇率形成机制改革,开始实施以市场
供求为基础、参考一篮子货币进行调节、有管理的浮动汇
率制度。

新汇率制度对于促进经济平衡增长、抑制通货膨胀、
促进产业升级、推动结构调整发挥了积极的作用。

30 年来,中国金融市场从无到有,不断扩大,资本市

场、货币市场、外汇市场、黄金市场、保险市场有机结合、协调发展。现代金融深刻地影响着中国人的生活。

20世纪80年代初,随着经济改革的启动,股票、债券重新在中国境内萌芽。十年后,以上海、深圳两个证券交易所成立为标志,中国资本市场逐步进入规范发展的阶段。

20多年的时间,中国资本市场走过了发达国家一百多年的路程,实现了跨越式增长。经过长期的规范和发展,资本市场规模、中介机构数量和投资者队伍稳步扩大,上市公司质量全面提高。

截至2007年底,沪、深两市上市公司共1550家。借助公开市场,中国企业实现了融资结构的转型,企业规模不断扩大。

目前,中国证券交易市场已成长为全球第三、新兴市场第一的资本市场。

中国同业拆借市场逐步形成全国统一的市场格局,为金融机构提供流动性管理的功能不断增强。银行间债券市场建成10多年来,市场规模稳步增加,机构投资者数量稳步扩大,产品创新发展迅速,国际化程度不断提高,市场融资功能和价格发现功能日益突出。

中国的外汇市场逐步发展。人民币汇率形成机制改革后,外汇市场交易机制不断改进,外汇产品不断丰富,为企业和居民提供了更为全面、灵活的外汇风险控制手段。

2002年10月,上海黄金交易所开业,标志着中国黄金市场正式建立。近几年,黄金产品不断创新,为投资者和产金用金企业提供了丰富的投资渠道。

改革开放以来,中国保险市场不断壮大,保险中介成长迅速,保险种类不断优化,有力地满足了居民及企业规避风险和多样化投资的需求。

外汇监管和反洗钱监管不断加强,相关法规和工作机制逐步完善。

随着《中国人民银行法》、《商业银行法》、《保险法》、《票据法》、《担保法》、《银行业监督管理法》、《证券法》等一系列涉及金融领域法律法规的相继出台,中国金融法律体系逐步完善,为金融业的规范发展提供了强有力的法律保障。

2001年中国加入世界贸易组织后,切实履行有关金融开放的承诺,金融对外开放程度明显提高。

外资银行加快进入中国市场,目前已有在华外资法人银行 26 家、外国银行分行 117 家,中资银行引进境外机构投资者 33 家。外资银行经营的业务品种超过 100 种,并有 55 家外国银行分行和 26 家外资法人银行获准经营人民币业务。

中国银行业也积极通过并购、设立新机构等方式,深度拓展海外市场。目前,已在美国、日本、英国、德国、澳大利亚、新加坡、香港、澳门等 29 个国家和地区设立 60 家分支机构,海外机构的总资产达 2674 亿美元。

合资证券期货经营机构纷纷设立,合格境外机构投资者与合格境内机构投资者机制相继建立,外资企业逐步获准在境内发行上市,并战略性投资国内的上市公司。

中国保险业基本实现全面对外开放。外资保险公司发展迅速,境外主要保险金融集团已基本进入中国市场。

2008 年,由美国次贷危机引发的金融危机对国际金融市场造成严重冲击,给世界各国经济发展和人民生活带来严重影响。面对这一全球性挑战,中国政府采取一系列重大举措,维护好国内金融体系的稳定,同时加强与各国央行、国际金融组织的沟通与合作,共同抵御金融风险,努力维护国际金融市场稳定。

30 年来,中国的现代化支付体系基本建立。目前银行卡成为个人使用最多的非现金支付工具。中国不断发展和完善社会信用体系,不断加强金融基础设施的建设,努力提升全社会的金融服务水平。

30 年来,中国金融业资产规模和经营效益不断提升,现代金融支持社会经济发展的能力明显增强。截至 2007 年年底,银行业金融机构资产总额为 52.60 万亿元,本外币存款余额 40.11 万亿元,本外币贷款余额 27.77 万亿元;中国的保险公司总资产超过 2.9 万亿元,保险资金运用余额接近 2.7 万亿元。

在新的历史起点上,中国金融体制改革将坚定不移地向前推进,努力构建一个产品丰富、结构合理、功能完善、高效安全的现代金融体系。

第六集 对外开放

【对 外 开 放】

　　中国是一个具有悠久、灿烂历史的文明古国。享誉世界的陆上"丝绸之路"和"海上丝绸之路"，把古老的中华文明与世界联结在一起。

　　今天，经济全球化和日新月异的科技发展缩短了世界各国之间的时空距离，中国与世界的联系更加紧密。

　　在影响当代历史的重大国际事件中，有一个事件不容忽视，那就是中国的对外开放。它既促进中国的改革和发展，又深刻地影响着世界。

　　"文化大革命"结束后,在解放思想的推动下,人们急切地想了解外面世界的变化。

　　1978 年,中国有 12 位副总理、副委员长以上的领导人先后 20 次访问了 51 个国家。如此频繁的出访,有一个很重要的意图,就是要亲眼看一看世界现代化究竟发展到什么程度,对于中国的发展可以提供哪些值得借鉴的经验。

　　1978 年 6 月的一个下午,在人民大会堂东大厅里,中国领导人正在听取国务院副总理谷牧率团访问欧洲五国的情况汇报。这是新中国建立后中国向西方国家派出的最高级别的经济代表团。

　　出国考察得到的一个强烈印象是:西方发达国家有许多好的东西,与世界先进国家相比,中国大大落后了。这样的体验和认知,使得中央决策层逐步形成打开国门搞建设的共识和决心,明确提出积极发展同世界各国进行平等互利的经济合作、努力采用世界先进技术和先进设备的经济工作指导方针。

1979 年 1 月，邓小平访问美国。在这一年 5 月，他首次提出了"开放"的概念，指出要用开放的对外政策和世界先进成果来加速中国的四个现代化建设。

1979 年 4 月，时任广东省委第一书记习仲勋到北京参加中央工作会议。在发言中，习仲勋希望中央能根据广东紧靠港澳、华侨众多的特点，给予特殊政策，在改革开放中先行一步。正是从这里，邓小平看到了中国对外开放的突破口。他明确表示："我看可以划出一块地方，就叫作特区。陕甘宁就是特区么。中央没有钱，要你们自己去搞，杀出一条血路来。"

1979 年 7 月，中共中央、国务院决定在深圳、珠海、汕头和厦门试办特区。四个经济特区的兴办，打开了中国对外开放的窗口，拉开了对外开放的序幕。

当蛇口工业区竖起"时间就是金钱，效率就是生命"的大红标语牌的时候，全国为之轰动；当深圳国际贸易大厦在施工中创造 3 天建成一层楼的新纪录时，"深圳速度"成为中国改革开放快马加鞭的一个象征。

1984 年初，邓小平到深圳、珠海、厦门等经济特区视察，深圳特区一年翻一番的经济增长速度给他留下了深

刻的印象。他欣然挥笔写道:"深圳的发展和经验证明,
我们建立经济特区的政策是正确的。"

不久,他在一次谈话中说到,实行开放政策的指导思
想"不是收,而是放",坚定地表达了中国进一步推进开
放的决心。

20 世纪 80 年代以后,和平与发展成为时代主题。
这为中国进一步扩大对外开放提供了良好的机遇和
条件。

1984 年 5 月,中共中央、国务院决定进一步开放大
连、天津、上海、温州、福州、广州、北海等 14 个沿海港口
城市。

1985 年以后,中共中央、国务院又相继决定将长江
三角洲、珠江三角洲、闽南厦漳泉三角地区、山东半岛、辽
东半岛、河北省环渤海湾地区以及广西北部湾地区列入
沿海经济开放区,使中国在东部沿海地区形成了一大片
沿海对外开放前沿地带。

1988 年 4 月 13 日,第七届全国人民代表大会第一
次会议通过了关于设立海南省的决定和关于建立海南经
济特区的决议。美丽的海南岛成为中国最大的经济
特区。

对外开放不断扩大，两亿人口的沿海地带迅速发展，有力地推动了全国的改革开放和现代化建设。

开放的中国向全世界发出邀请，世界贸易因中国的参与而变得更加多元。许多世界级企业开始在中国设立合资经营的公司。

1980年4月，由京港合资经营的北京航空食品有限公司成立，这是中国改革开放后诞生的第一家合资企业。随后，天津王朝葡萄酿酒公司、上海大众汽车公司等一批中外合资经营企业相继成立。

进入20世纪90年代，中国对外开放的区域开始由沿海向内地扩展，对外开放的领域和范围进一步扩大。

1992年相继开放了重庆、武汉、九江等6个沿江港口城市，满洲里等13个陆地边境城市及所有内地省会城市。

1992年，中国政府宣布在上海浦东成立国家级开发区。这里很快成为中国最具吸引力的国际金融贸易区。这个世界上最大的开发区连同广阔的腹地，成为全球经济增长的新引擎。

中国的外贸体制改革也在不断深化，外贸经营权逐步开放，建立了符合社会主义市场经济体制要求和与国

际经贸规则接轨的外贸体制。

在这个时期,无论国际形势发生怎样的变化,中国政府对外开放的决心与信心从未改变。

坐落在美丽的日内瓦湖畔的世界贸易组织,是当今世界上最重要的国际经济组织之一,其前身是 1948 年成立的关贸总协定。1986 年夏天,中国正式提出了恢复中国关贸总协定缔约国地位的申请,由此拉开了中国复关的序幕。

经过长达 15 年的艰苦谈判,2001 年 11 月,世界贸易组织第四届部长级会议以全体协商一致的方式,审议并最终通过了中国加入世界贸易组织的法律文件。从 2001 年 12 月 11 日起,中国正式成为世界贸易组织第 143 个成员国。

中国加入世界贸易组织,标志着中国的对外开放进入了融入经济全球化的新阶段。它是中国现代经济发展史上具有划时代意义的一个里程碑。从此,中国区域性推进的对外开放转变为全方位的对外开放;开放领域由传统的货物贸易向服务贸易扩展;市场准入程度进一步提高,市场环境随着一系列法律和法规的制定和完善而更加透明和规范。全方位、多层次、宽领域的对外开放格局逐步形成。

中国政府坚持以开放促改革、促发展。随着开放格局的逐步拓宽,国内基础性行业的改革迈出关键性一步,过去被行政分割的市场得到统一,并相继培育出一些适应全球竞争的新型国有企业。

加入世界贸易组织后,中国相继修订完善了相关政策,严格限制低水平、高消耗、高污染外资项目进入。在新的外商投资政策指导下,外商投资的重点,从一般制造业发展到高新技术产业、基础产业、基础设施建设。外商投资的产业构成显著改善,第三产业投资比例大幅度提高。

在国际贸易中,中国改变过去被动应对贸易争端的局面,积极运用世界贸易组织的各项争端解决机制。

在积极参与多边贸易体制的同时,中国还提出发展双边自由贸易区的战略。截至 2008 年 10 月,中国与 30 多个国家和地区商谈的自由贸易区多达 13 个,其中中国—东盟自由贸易区等 6 个已开始实施。

中国顺应经济全球化潮流、主动参与国际竞争与合作,积极实施"走出去"战略,截至 2007 年底,中国近 7000 多家境内投资主体在全球 173 个国家(地区)设立

境外直接投资企业超过 1 万家,对外直接投资累计净额达到 1179.1 亿美元。

中共十六大以后,中国对外开放进一步向纵深推进。

2005 年,中国提出环渤海经济区发展战略,继深圳、上海浦东之后,天津滨海新区成为又一片对外开放的热土。

2005 年,新修订的《中华人民共和国对外贸易法》正式实施,标志着外贸经营权全面放开,为对外贸易发展增添了生机与活力。

从 2007 年第 101 届开始,中国广交会名称正式由"中国出口商品交易会"更名为"中国进出口商品交易会",首次增加进口功能,为国外优质商品进入中国市场提供一个新的重要渠道,为进一步优化进口商品结构提供重要的平台。

2007 年,中共十七大提出,要始终坚持对外开放的基本国策,继续深化对外开放,全面提高开放水平。

中国正在不断拓展对外开放的广度和深度,把"引进来"和"走出去"结合起来,建立内外联动、互利共赢、安全高效的开放型经济体系,努力形成经济全球化条件下参与国际经济合作和竞争新优势。

30 年来,中国对外经济合作与交往发生了巨大的变化。

中国进出口总额增加了 100 倍,由当时的第 32 位上升到今天的世界第三位。

中国的外汇储备增加了 1 万多倍,居世界第一位。

中国利用外资长期居于发展中国家的第一位。

中国企业在海外创造了约 1000 万个就业机会。

中国经济对世界经济增长的贡献率超过 10% ,对国际贸易增长的贡献率超过 12% 。

这场中国近代以来从未有过的大开放,有力地推动了中国经济社会发展,促进了中国科技进步和创新,大大提高了中国国际竞争力和影响力,为中国发展营造了有利的国际环境,是推进中国社会主义现代化建设的必由之路。

中国因开放而更加精彩,世界因开放的中国而充满活力。

数字30年→

　　1978 年,中国进出口总额只有 206 亿美元,2007 年超过 2.17 万亿美元,占全球的比重由不足 1% 上升到约 8%;1978 年,中国的外汇储备只有 1.67 亿美元,到 2008 年 6 月已超过 1.8 万亿美元;1978 年至 2007 年底,中国累计实际使用外资超过 7800 亿美元;中国已有 3 万多家企业开展跨国经营,投资遍布 160 多个国家和地区;中国国内生产总值占全球的比重由 1978 年的 1.8% 上升到 2007 年的 6% 以上。

第七集　政治体制改革

【政治体制改革】

1980 年 8 月,邓小平在中共中央政治局扩大会议上作了一次重要的讲话,题目是《党和国家领导制度的改革》。

他提出,领导制度、组织制度问题带有根本性、全局性、稳定性和长期性,对现行制度存在的各种弊端必须改革。他强调说,我们要在政治上充分发扬人民民主,保证全体人民真正享有通过各种有效形式管理国家的权力。

这篇重要讲话是中国政治体制改革的纲领性文献,为推进政治体制改革指明了方向。

　　中国的政治体制改革,发端于中共十一届三中全会。

　　经过"文化大革命"长达十年的内乱,人们深切地认识到"个人崇拜"、过度集权和无政府主义的危害。中共十一届三中全会和为这次会议作准备的中央工作会议,提出了加强社会主义民主和健全社会主义法制的任务,恢复了党的民主集中制传统,作出了建立中央纪律检查委员会的决定,重新确立了马克思主义的思想路线、政治路线和组织路线。

　　中共十一届三中全会后,中国政治体制改革在拨乱反正中稳步启动。经过全国人民代表大会审议,中央政府决定废除各级革命委员会,建立各级人民政府。随后,在农村废除了人民公社制度,建立了乡政权。

　　人民代表大会制度是中国的根本政治制度和国家政权组织形式,是人民掌握国家政权、行使权力的根本途径。

　　中共十一届三中全会以来,中国各级人民代表大会

及其常委会认真履行宪法和法律赋予的职责,各方面工
作均取得重大进展。

各级人大及其常委会不仅制定法律,而且依法审议
决定了全国和地方的一些重大决策,包括国民经济和社
会发展中长期规划、年度计划和预决算,也包括如三峡工
程一类的大规模国家投资项目。各级人大及其常委会还
依法选举和任命了国家机关组成人员,加强了对行政、财
经、司法、检察等各项工作的监督力度。

为了更好地坚持这项根本政治制度,中国不断从制
度、机制层面完善人民代表大会制度。

人民代表大会代表的直接选举扩大到县一级,各级
人民代表大会代表都依法实行差额选举;在县和县级以
上的地方各级人民代表大会设立常委会;加强人大常委
会的制度建设,扩大和加强全国人大常委会的职权和组
织;赋予地方省、自治区、直辖市的人大及其常委会制定
和颁布地方性法规的权力;建立人大代表与选民联系的
制度等。

人民代表大会制度不断完善,有力地保障了人民行
使当家作主、管理国家事务的权力。

人民通过选举、投票行使权利和人民内部各政治群

体在重大决策之前进行协商,尽可能就共同性问题取得一致,这是中国社会主义民主的两种重要形式。

中国共产党领导的多党合作和政治协商制度,是中国政治制度的一大优势。中国人民政治协商会议是具有中国特色的重要的民主政治形式。

改革开放以来,人民政协围绕团结和民主两大主题履行职能,积极推进政治协商、民主监督、参政议政等各项制度的建设,完善了公民政治参与的有序形式。

执政党依法执政,参政党依法参政,两者结合起来,形成了中国共产党领导的多党合作和政治协商制度的基本内容。

通过人民政协,各民主党派中央、全国工商联、无党派人士深入考察调研,积极向中共中央、国务院及有关部门提出重大建议。

中共中央在作出重大决策之前,一般都邀请各民主党派中央领导人和无党派人士召开民主协商会、小范围谈心会、座谈会,通报情况,听取意见,共商国是。除会议协商外,民主党派中央还向中共中央提出书面建议。

各民主党派成员、无党派人士在人民代表大会、国家机关和中国人民政治协商会议中发挥重要作用。他们在全国人大代表、全国人大常委会及专门委员会中,均占适当比例;担任各级政府和司法机关的领导职务;通过参加人民政协,发表意见,提出提案和建议案,开展参政议政工作;通过多渠道、多形式对执政党的工作实行民主监督。

中国共产党与各民主党派长期共存、互相监督、肝胆相照、荣辱与共,巩固和发展了广泛的爱国统一战线。

中国是一个统一的多民族国家。中国实行民族区域自治制度,坚持各民族一律平等,保证民族自治地方依法行使自治权。

中国56个民族当中有44个少数民族建立了民族自治制度。目前有5个民族自治区,30个民族自治州(盟),120个民族自治县(旗)。自治区主席、自治州州长(盟长)、自治县县长(旗长)全部由实行区域自治的少数民族公民担任。

六届全国人大二次会议通过的《中华人民共和国民族区域自治法》进一步把上级国家机关支持、帮助民族自治地方加快发展,明确规定为一项法律义务。

为加快西部地区和民族自治地方的发展,中国政府于2000年开始实施西部大开发战略,全国5个自治区、

27 个自治州以及 120 个自治县（旗）中的 83 个自治县（旗）被纳入西部大开发的范围，另有 3 个自治州参照享受国家西部大开发优惠政策。实施西部大开发战略对带动民族自治地方经济和社会发展发挥了重要作用。

基层群众自治制度是社会主义民主的直接体现，是中国人民当家作主最有效、最广泛的实现途径。

1987 年，吉林省梨树县开始试点在北老壕村"海选"产生村干部。"海选"体现了由村民行使直接选举村委会成员的权利，作为一项民主原则，它被正式吸收进《中华人民共和国村民委员会组织法》，并向全国农村推行。

20 世纪 80 年代以来，中国在农村、城市逐步广泛建立了村民委员会、居民委员会等群众自治性组织，在企事业单位逐步广泛建立职工代表大会等民主管理机构。这是中国政治体制的一项重大改革。通过基层民主建设，使基层群众自治机制更具活力，基层群众自治范围不断扩大，民主管理制度更加完善。

截至 2007 年底，中国农村有 61 万多个村民委员会，城市有 8 万多个社区居民委员会。它们办理社区的公共事务和公益事业，调解民间纠纷，协助基层政府维护社会治安，向政府反映群众的意见、要求并提出建议。这些基层组织有效地推动了基层民主的发展。

改革开放以来,以1982年修改通过的《中华人民共和国宪法》为标志,社会主义法制建设进程大大加快。

中共十五大明确提出了"依法治国"的基本方略和建设社会主义法治国家的目标。1999年,"中华人民共和国实行依法治国,建设社会主义法治国家"载入宪法。2004年,"国家尊重和保障人权"载入宪法。

依法治国是党在新的历史条件下领导人民治理国家的基本方略,是发展社会主义民主政治的重要保证。

在实施依法治国基本方略中,中国建立健全了一系列促进经济发展、维护市场秩序、实现社会公平正义的法律和制度,社会主义法制建设取得了重大进展。

截至2008年3月,中国现行有效的法律已达229件,行政法规近600件,地方性法规7000多件,以宪法为核心的中国特色社会主义法律体系基本形成。

30年来,中国加快了司法体制改革的步伐。通过加强对司法权的监督制约,完善刑事司法制度,进一步提高司法效率,加大司法救助和法律援助力度,推进司法民主和司法公开。中国正在努力建设公正、高效、权威的社会主义司法制度,保证审判机关、检察机关依法独立公正地

74 行使审判权、检察权。

当前,中国共产党和中国政府的各项工作、社会生活的方方面面都已经走上制度化、法律化的轨道。中国共产党和中国政府依法执政的能力显著增强,依法行政和公正司法水平不断提高,促进经济发展与社会和谐的法治环境不断改善,对权力的制约和监督得到加强,人权得到可靠的法制保障,普法工作成效显著,广大公民的法律意识明显增强。

2008年3月14日,《国务院机构改革方案》在十一届全国人大一次会议上高票通过,中国新一轮政府机构改革正式拉开帷幕。

改革开放以来,从政企分开、精简机构开始,中国不断健全政府职能,完善公共服务体系,加快服务型政府建设。为了完善政府的行政管理体制,中国先后进行过六次机构改革。历次改革都适应了经济社会发展的阶段性需要,使政府职能转变取得重要进展,机构设置和人员编制管理逐步规范,体制机制创新取得积极成效,行政效能显著提高。

2008年5月,《中华人民共和国政府信息公开条例》正式实施。它在建设公开透明政府,保障公众知情权、监

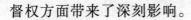
督权方面带来了深刻影响。

目前,除中央政府门户网站在第一时间对外发布中央政府的重要信息外,全国80％的县级以上政府和政府部门都建立了门户网站。此外,74个国务院部门、单位和31个省(区、市)政府还建立了新闻发布和发言人制度。

为确保权力正确行使,让权力在阳光下运行,中国坚持用制度管权、管事、管人,逐步建立健全决策权、执行权、监督权既相互制约又相互协调的权力结构和运行机制。

改革开放30年来,中国在推进经济体制改革和经济发展的同时,积极稳妥地推进政治体制改革,把坚持党的领导、人民当家作主、依法治国有机统一起来,不断推进社会主义民主政治制度化、规范化、程序化,有力推进社会主义政治制度的自我完善和自我发展,为社会主义现代化建设提供了重要保证。

在发展中国特色社会主义的历史进程中,政治体制改革将随着经济社会的不断发展而走向深化,社会主义民主政治必将展现出更加旺盛的生命力。

第八集　干部人事制度改革

【干部人事制度改革】

　　2008年3月27日,南京市公开选拔局级干部的竞争进入了高潮,16名候选人不仅要面对240多名现场评委,还要在无数电视观众和网民的注视下进行现场演讲答辩。他们公开竞争当地的4个局长职位;

　　2008年8月1日,广东省委组织部发布公告,面向社会在全国范围内公开选拔100名年轻干部;

　　2008年9月8日,山西省开始公开选拔优秀乡镇(街道)党委书记到省直机关任职工作……

　　用更透明、更民主、更具有竞争性的"公推公选"的办法选拔干部,让更多的干部群众成为"评委",是近年来干部人事制度改革不断积极探索、进行各种有益尝试的一个缩影。在不平凡的2008年,中国人已经习惯于见证这样一个又一个的社会进步。

中共十一届三中全会以后,随着党和国家工作重点转移到现代化建设上来,急需各类年富力强、有专业知识的人才。面对这种状况,邓小平指出:"只是确定了正确的思想路线和政治路线,确定了实现四个现代化的目标还不够,还需要有人干。""现在真正干实际工作的还是那些年轻人。既然这样,为什么不可以把他们提到领导岗位上来?"

从废除实际存在的领导职务终身制和推进干部队伍年轻化入手,中国共产党开启了干部人事制度改革的进程。

1980年8月,邓小平在中共中央政治局扩大会议上作题为《党和国家领导制度的改革》的讲话。他指出,必须"勇于改革不合时宜的组织制度、人事制度,大力培养、发现和破格使用优秀人才",实现干部队伍的年轻化、知识化、专业化,解决好交接班的问题。

1982年,中共中央、国务院先后作出了《关于建立老干部退休制度的决定》和《关于老干部离职休养制度的几项规定》。

在中共高级领导干部的带动下,仅在1982年就有3万多名老干部办理了离职休养手续,主动把事业的接力棒交给了年轻人。

革命化、年轻化、知识化和专业化,这是中国共产党制定的新时期党的干部队伍建设的方针。1982年9月,在中共十二大上,这一方针被写入新党章。

在中共十二大选出的348名中央委员、候补中央委员中,新当选的达到211名。他们当中,最年轻的是当时只有39岁的胡锦涛。

这次会议较好地解决了干部新老交替问题,使一大批年富力强的干部走上重要的领导岗位,也为今后的改革奠定了干部和人才的基础。

随着经济体制改革的深入,过去干部人事制度的弊端也逐步暴露出来。

为了精简干部队伍,理顺管理权限,健全干部管理制度,中共中央进一步采取改革措施。纵向上,开始实行下管一级的干部管理体制,扩大了下级单位的用人自主权;横向上,将干部划分为机关、事业、企业三大类,开始探索

建立科学的干部分类管理体制。同时,干部录用、考核、培训等方面的改革也逐步展开。

干部人事制度改革的不断深入,推动着有中国特色的公务员制度逐步建立与完善。

1987年,中共十三大提出要建立国家公务员制度;1989年起,开始在部分单位进行公务员制度试点;1993年,国务院颁布《国家公务员暂行条例》……

2005年4月,十届全国人大常委会第十五次会议审议通过了《中华人民共和国公务员法》,从2006年起正式实施。《公务员法》的颁行实施,提高了中国干部人事工作的科学化、民主化、制度化水平,标志着中国干部人事制度改革迈出了一大步。

自从面向社会公开招考公务员以来,一大批年纪轻、学历高的人才进入各级党政机关,干部队伍文化程度不断提高。近几年中央国家机关新录用的公务员,大学本科以上学历的比例保持在99%以上,其中硕士毕业生占53%,博士毕业生占4.3%。

公务员制度的实施,改善了公务员队伍的结构,提高了公务员队伍的素质,得到了人民群众的充分认可。

从20世纪90年代开始,一系列推进干部人事制度改革的相互配套、有机衔接的重大举措陆续出台。

2000年,《深化干部人事制度改革纲要》颁布;2002年,《党政领导干部选拔任用工作条例》颁布;2004年,《公开选拔党政领导干部工作暂行规定》等五个法规文件出台;2006年,《体现科学发展观要求的地方党政领导班子和领导干部综合考核评价试行办法》、《党政领导干部职务任期暂行规定》出台。

在干部选任上,民主推荐成为必经程序和基础环节,民主测评进一步规范和完善,任前公示和考察预告制度全面推行。公开选拔、竞争上岗广泛实施,已成为干部选拔任用的重要方式之一。2003年到2006年,全国公开选拔党政领导干部1.5万余人,通过竞争上岗走上领导岗位的干部达20余万人。

2002年4月,中共广东省委八届九次全体会议对3名市委书记拟任人选,进行了审议和无记名投票表决。这一党委全委会票决制的做法开创了全国的先河,得到了中央的充分肯定。随后在全国各地迅速推开,并成为一项制度。

干部"能上不能下"已经成为历史。

2004年以来,全国自愿辞职、引咎辞职和责令辞职

的领导干部7000人左右。

"公推公选"、"能上能下"激发了干部人才的活力，得到了群众的认同。

领导干部职务任期、回避制度不断健全，干部交流工作逐步走上制度化、经常化轨道。同时，中国鼓励年轻干部到基层和艰苦地区锻炼成长，高度重视培养选拔女干部、少数民族干部。截至2006年底，全国共有女干部1522.1万人，占干部总数的39%；少数民族干部299.4万人，其中大批优秀干部担任了各级领导职务。

30年来，以建立健全领导人员选拔任用、激励和监督机制为重点，国有企业人事制度改革全面推进，已经初步建立起符合社会主义市场经济体制要求和企业特点的人事制度。

中央管理的国有重要骨干企业采取公开招聘的方式，向海内外选拔高级经营管理人员，各地普遍推行以业绩为中心的考核评价制度。

从2003年成立至今，国资委已经连续6年面向海内外公开招聘央企高管，选拔了一批优秀的经营管理人才，在社会上产生了良好反响。

从中共十四大开始，事业单位人事制度改革不断深化,以聘用制度、岗位管理制度为重点,出台了一系列政策措施,推动事业单位工作人员由身份管理向岗位管理转变,激发了各类人才的积极性、创造性。

目前,全国60%左右的事业单位实行了聘用制度,70%左右的事业单位工作人员签订了聘用合同。

北戴河,是中国北方的海滨度假胜地。吴文俊、袁隆平、刘东生等著名专家,都曾作为党和国家的客人在这里休假。作为一项制度,每年中共中央、国务院都要邀请各领域的专家到北戴河休假。这在广大知识分子中产生了积极反响,在全社会营造了"尊重劳动,尊重知识,尊重人才,尊重创造"的良好氛围。

治国安邦,人才为先。

中共历代中央领导集体始终高度重视人才工作,把人才资源作为第一资源,不断改革人事制度,完善人才机制,努力营造有利于培养、选拔、凝聚、使用和关心人才的环境。

2003年12月,全国人才工作会议在北京召开。会议提出要在实施科教兴国战略的基础上,抓紧实施人才强国战略,建设规模宏大、结构合理、素质较高的人才队伍,大力提升国家核心竞争力和综合国力。随后,中共中央、国务院下发了《关于进一步加强人才工作的决定》。

在新的历史起点上,中共十七大从战略高度进一步明确了干部人事制度改革的方向,强调要坚持党管干部、党管人才原则,不断深化干部人事制度改革,创新人才工作体制机制,着力造就高素质干部队伍和人才队伍。

数字30年→

2005年,全国各类人才总量达到7390.3万人,党政人才、企业经营管理人才和专业技术人才中,具有大学专科以上学历的达3543.5万人,占总数的59.3%。2007年,享受国务院特殊津贴人员总数已达15.4万人,博士后科研流动站和工作站总数已达3105个,累计培养博士后5.06万名。到2007年,回国工作的留学人员总数已达31.97万人。

改革开放30年来,中国初步形成了相互配套、有机衔接、较为完备的干部人事制度体系。

随着人才强国战略的实施,人才队伍不断发展壮大,中国正在逐步由人口大国转化为人力资源强国,这将为中国特色社会主义伟大事业提供坚强的人才保证和智力支持。

第九集　科技体制改革

【科技体制改革】

　　2003 年 10 月 15 日 9 时,中国第一艘载人飞船"神舟"五号在酒泉卫星发射中心成功升空。航天员杨利伟成为浩瀚太空迎来的第一位中国访客。

　　16 日清晨,飞船在太空中绕地球飞行 14 圈后,安全着陆于内蒙古草原。

　　首次载人航天飞行的圆满成功,标志着中国在攀登世界科技高峰的征程上实现了又一个重大跨越。

　　1978 年 3 月,全国科学大会召开。邓小平在会上提出了"科学技术是生产力"、"知识分子是工人阶级自己的一部分"的著名论断,为科技工作的拨乱反正提供了指导思想。

　　"这是科学的春天! 让我们张开双臂,热烈地拥抱这个春天吧!"大会闭幕式上宣读的这篇文章道出了无数科研工作者的心声,中国科技事业快速发展的崭新时代从此开始了。

　　1985 年,邓小平在全国科技工作会议上指出:"经济体制,科技体制,这两方面的改革都是为了解放生产力。新的经济体制,应该是有利于技术进步的体制。新的科技体制,应该是有利于经济发展的体制。"邓小平的讲话,指明了中国科技体制改革的方向。

　　这一年,中共中央作出了《关于科学技术体制改革的决定》,提出了"科学技术工作必须面向经济建设,经济建设必须依靠科学技术"的发展方针,开始对科学技术体制进行有步骤的改革。

以改革研究机构的拨款制度、开拓技术市场为突破口，国家鼓励科技人员以多种方式创办、领办企业。这些政策促使科技界以空前的热情投入到经济建设主战场。

国家科技攻关计划是中国改革开放以后设立的第一个国家科技计划，从1983年开始，有效解决了一批国民经济和社会发展中难度较大的技术问题。

1985年5月，国家科委向国务院提出了"关于抓一批短、平、快科技项目促进地方经济振兴"的请示，命名为"星火计划"。第二年初，国务院批准实施了这一计划，力图通过抓一批科技项目，推动科技与农业经济的密切结合。

作为"星火计划"的杰出代表，袁隆平培育的杂交水稻种植面积累计达到60亿亩，增产粮食6000多亿公斤，解决了中国13亿人乃至世界很多国家人民的吃饭问题。

截至2007年底，全国各级星火计划共立项实施超过15万项，累计投入资金超过6万亿元，极大地促进了农村经济总量的增加和生产方式的转变。

20世纪80年代，世界经济大国相继提出了"星球大战"、"尤里卡"等高科技发展计划，以提高国家科技竞争

能力。

王大珩、王淦昌、杨嘉墀、陈芳允4位老科学家，敏感地看到了世界新技术革命带来的挑战。1986年3月，他们写信给中央，提出了跟踪世界先进水平、发展中国高技术的建议。

这封信得到了国家领导人的高度重视，中央批准了《高技术研究发展计划纲要》，这就是对后来中国科技事业的发展产生了深远影响的"863计划"。

20多年来，承担"863计划"研究任务的科研人员超过15万名，有500余家研究机构，300余所大专院校，近千家企业参与了863计划的研究开发工作。发表论文12万多篇，获得国内外专利8000多项，制定国家和行业标准1800多项。这一计划的实施，使中国在一大批重大关键技术上取得了突破。

1988年8月，为了促进高新技术成果商品化、高新技术商品产业化和高新技术产业国际化，国务院批准实施"火炬计划"，大力发展高新技术产业。从1992年起，中国先后设立了54个国家级高新技术产业开发区。在大力发展高新技术产业的同时，政府推进节能降耗和循环经济的发展，对调整经济结构、转变经济发展方式起到了积极的示范作用。

1988年9月,邓小平在会见一位外宾时说,"马克思说过,科学技术是生产力,事实证明这话讲得对。依我看,科学技术是第一生产力"。这一论断深刻揭示了科学技术在现代社会中的重要作用,为中国科学技术的进一步发展指明了方向。

1993年,新中国第一部科技大法——《中华人民共和国科学技术进步法》颁布实行,科技体制改革进入法制化、规范化的发展轨道。

1995年5月,中共中央、国务院颁布了《关于加速科学技术进步的决定》,确立了科教兴国战略。随后,江泽民在全国科技大会上对实施科教兴国战略作了全面部署。"科教兴国"成为中国的基本国策。

中国政府历来重视基础科学研究对国民经济和社会发展的引领作用,在政策措施和财政投入上给予大力支持。1986年,中国政府设立国家自然科学基金;1991年,设立"攀登计划";1997年,实施"973计划";1998年,以中国科学院为试点,组织实施知识创新工程。

1999年8月,中共中央、国务院召开了全国技术创新大会,发布了《关于加强技术创新,发展高科技,实现产业化的决定》,提出深化科技体制改革,形成有利于技术创新和科技成果转化的体制和机制,推动应用型科研机构和设计单位向企业化转制,并对社会公益类科研机构实行分类改革。

2003 年,国家科技基础条件平台建设启动,该平台推进科技基础条件资源的整合与共享,为科研人员创造了一个更好的硬件和网络信息环境。

30 年来,中国基础科学研究和前沿技术研究获得长足发展,少数领域已经处于国际前列,涌现出了载人航天、超级杂交水稻、高性能计算机、超大规模集成电路、第三代移动通信国际标准等一批重大自主创新成果。以企业为主体、市场为导向、产学研结合的技术创新体系初步建立,在基础工业、加工制造业以及新兴产业领域,企业自主创新能力大幅提高。科技走进千家万户、惠及亿万人民,在促进经济社会发展和改善民生方面发挥了重要的支撑作用。

中国政府积极开展科普教育和实用技术的普及推广。2002 年,国家颁布实施了《科学技术普及法》。文化科技卫生"三下乡"、科教文体法律卫生"四进社区"等科技普及活动进一步得到加强。这些措施使公民的科学文化素质得到不断提升。

从 2000 年开始,中国每年颁发一次国家最高科学技术奖。江泽民、胡锦涛先后为袁隆平、王选、吴文俊、黄昆、刘东生、吴孟超、叶笃正等科学家颁发国家科技大奖。

2006 年 1 月,胡锦涛在全国科技大会上提出了建设创新型国家的重大战略任务。

一个月后,《国家中长期科学和技术发展规划纲要(2006—2020 年)》发布,纲要为中国尽快成为"世界科技强国"勾画了一条清晰的路线图,"自主创新、重点跨越、支撑发展、引领未来"成为新时期科技发展的指导方针。

一批影响国家经济和社会发展的重大专项科研项目启动实施。76 项配套政策、实施细则陆续出台。2008 年 7 月 1 日,新修订的《科技进步法》正式实施,为激励自主创新、建设创新型国家提供了法制保障。

2001 年 7 月 1 日,修改后的《专利法》开始实施。2007 年,中共十七大明确提出"实施知识产权战略"。2008 年 6 月,《国家知识产权战略纲要》公布,知识产权的创造和保护上升到国家战略层面,它有效地唤起和保护了整个民族的创造性。

1999年,中国开始参与国际人类基因组计划。2003年,美、英、日、法、德、中六国政府首脑联名发表《六国政府首脑关于完成人类基因组序列图的联合声明》,宣告该计划圆满完成。

至2007年,中国已与152个国家和地区建立了科技合作关系,与96个国家签订了102项政府间科技合作协议,形成了较为完整的政府间双边和多边国际科技合作框架。2008年,跨国公司在中国设立的研发中心已经超过1300多个。

2008年6月,胡锦涛在中国科学院、中国工程院两院院士大会上指出,科技体制改革取得突破性进展,初步形成了适应社会主义市场经济的新型科技体制,国家创新体系进展顺利,以科技进步法为核心的科技法律法规正在不断完善。

几千年来,中华民族以无数优异的科技成就为人类文明进步作出巨大贡献。今天,人们继承并弘扬着整个民族绵续千年的开拓精神,汲取着来自四面八方的丰富营养,以只争朝夕的面貌,为建设创新型国家而努力奋斗。中华民族的科技进步,必将为人类文明进步作出新的更大的贡献。

第十集　教育体制改革

改革开放30年纪实

【教育体制改革】

　　1977 年 12 月 10 日,这一天不是节日,却胜似节日。飘舞的红旗,醒目的标语,迎接的是一群群从山区、从工厂、从田野走来的、怀揣梦想的年轻人。他们要在这一天参加刚刚恢复的高考。

　　1977 年中国恢复了高等教育入学考试,这昭示着一个尊重知识、尊重人才的春天正在悄然到来。教育,关乎一个民族的前途命运,是整个文明绵续不绝的千秋基业,从那一刻起,它重新焕发出勃勃的生机。

1977 年秋天,邓小平果断决策,恢复因"文化大革命"而中断了 10 年的高考制度。这个决定使所有中国青年均获得了通过考试平等进入大学学习的机会,整个教育界和社会的风气为之一新。在邓小平的主导和支持下,中国教育战线开始整顿学校制度,使教育逐步摆脱混乱局面、走上正常发展的轨道。

从 1978 年起,中小学校制度开始调整。中国大学的学位制度也在 80 年代初期建立,高等教育形成了从学士、硕士到博士的各级学位体系。

1983 年 9 月 9 日,邓小平为北京景山学校题词:"教育要面向现代化、面向世界、面向未来。""三个面向"成为后来中国教育改革与发展的指导方针。

1985 年 5 月,全国教育工作会议在北京召开。会后,中共中央颁布《关于教育体制改革的决定》。教育体制改革从此全面启动。

基础教育是提高民族素质、培养人才的重要工程。1982年通过的新《宪法》规定:"国家发展各种教育设施,扫除文盲"。1986 年,新中国第一部教育法律——《义务教育法》颁布实施,国家正式提出了普及九年义务教育的目标。

面对资金不足、地区发展不平衡等许多困难,中国政府采取多种措施,为实现基本普及九年义务教育和基本扫除青壮年文盲的"两基"目标进行了不懈努力。

数字30年→

2007 年,全国 410 个"两基"攻坚县中 368 个实现了"两基"目标;其余 42 个特别困难的县达到了"普六"标准;西部地区"两基"人口覆盖率达到 98%。

从 1995 年开始,由中央和地方财政投资,各地陆续实施了"农村贫困地区义务教育工程"、"农村中小学危房改造工程"等一系列重大工程项目。2000 年,"两基"目标初步实现。到 2002 年底,"两基"人口覆盖率达到 91%。到 2007 年,达到了 99.5%。从 2004 年开始,国家加大投入力度,积极推进西部地区"两基"攻坚计划,通过"农村寄宿制学校建设工程"、"农村中小学现代远程教育工程"等重大工程和政策,使西部地区的九年义务教育及扫盲工作取得显著成效。

基础教育,在不懈的努力中深入到最边缘的乡村与城镇,改变着这里的社会面貌。

20世纪90年代,经济全球化浪潮涌现,知识经济时代悄然降临,教育在经济社会发展中的基础性、先导性、全局性地位和作用更加凸显。

1992年秋,中共十四大提出:"我们必须把教育摆在优先发展的战略地位,努力提高全民族的思想道德和科学文化水平,这是实现我国现代化的根本大计。"1993年2月,《中国教育改革和发展纲要》应时而生。它成为20世纪90年代至本世纪初中国教育改革和发展的纲领性文件。1995年,《中华人民共和国教育法》颁布,"科教兴国"战略在这一年正式提出,中国教育事业的改革和发展步伐明显加快。

为推动高等教育的发展,中国从1995年开始实施"211工程",即,面向21世纪,重点建设100所左右的高等学校和一批重点学科。这是新中国成立以来高等教育领域规模最大的重点建设工程。

1998年5月4日,江泽民在庆祝北京大学建校100周年的大会上宣告:"为了实现现代化,我国要有若干所具有世界先进水平的一流大学。"之后,国务院批转了教育部制定的《面向 21 世纪教育振兴行动计划》,提出要"创建若干所具有世界先进水平的一流大学和一批一流学科"。这就是人们通常所说的"985 工程"。

经过十年的努力,一系列重点工程得到实施,这使中国高等教育适应世界潮流、应对全球竞争的实力大大增强。

从 20 世纪 90 年代中期开始,高等学校的布局进行了结构性调整,大批学校合并,办学规模和教学质量得到普遍提升。通过连续三年大幅"扩招",中国大学生的在校生人数不断增长。到 2002 年,中国高等教育毛入学率达到 15%,进入了世界上公认的大众化阶段;2007 年,中国高等教育在学总规模超过 2700 万人,居世界首位,首次实现了历史性跨越。

中共十六大以来,以胡锦涛同志为总书记的党中央,全面实施科教兴国战略和人才强国战略,切实把教育摆在优先发展的战略地位,努力办好人民满意的教育。中共十七大报告强调,"教育公平是社会公平的重要基础",国家把促进教育公平作为一项基本的教育政策。

2003 年,国务院印发《关于进一步加强农村教育工作的决定》;第二年,又出台了《2003—2007 年教育振兴行动计划》。这些决定与计划指出,实施素质教育,推进

教育公平,普及和巩固义务教育、大力发展职业教育、提高高等教育质量,将是教育工作未来发展的重点。

从 2003 年开始,国家对农村家庭经济困难的中小学生实行免学杂费、课本费,补助住宿生生活费的"两免一补"政策。该政策惠及 1.5 亿农村义务教育阶段中小学学生。2007 年,中国农村地区普遍实现了免费义务教育;2008 年秋季,所有城市地区也实行了免除义务教育学杂费的政策。

2008 年 10 月,中共十七届三中全会提出了实现"农村人人享有接受良好教育的机会"的历史性任务,强调要加快普及农村高中阶段教育,重点加快发展农村中等职业教育并逐步实行免费。

职业教育曾是中国教育发展的薄弱环节。国家于 2002 年、2004 年、2005 年三次召开全国职业教育工作会议,出台了一系列政策法规和文件,推动职业教育进入改革和发展的快车道。2005 年和 2006 年,中等职业教育连续两年分别扩招 100 万人,2007 年又扩招 50 万人。2007 年,全国各类中等职业教育在校生达到 2000 万人。

教育为人们开启了就业的新窗口,改变了无数家庭的命运。针对家庭经济困难的学生,中国从 1999 年开始推行国家助学贷款计划,为这些学生开通了入学"绿色通道"。仅 2007 年,全日制公办普通高校通过"绿色通道"入学的学生就达到 42 万人,占当年录取本专科新生总数的 9%。

从 2007 年起,对于家庭经济困难学生进行资助的政策体系进一步建立健全,政府助学投入大幅增加。2008 年仅中央财政就安排了 200 亿元,地方财政也相应增加支出,每年惠及大约 400 万名大学生和 1600 万名中等职业学校学生。作为落实教育优先发展、推进教育公平的重要举措,2007 年 3 月 5 日,中国政府宣布,在教育部直属的师范大学中实行师范生免费教育。这一年,共计招收免费师范生 10933 人。

教育的普及与发展深刻地影响了人们的生活观念。随着社会进步,人们对知识的需求不断增加,继续教育成为中国人终身学习体系的重要组成部分。

越来越多的人选择自学考试、广播电视大学、函授教育、业余大学等多种形式继续接受教育。随着信息技术的发展,远程教育广为普及。

在 30 年的发展中,中国民办教育从无到有,逐步壮大。2003 年,《中华人民共和国民办教育促进法》实施,

它标志着中国民办教育进入发展的新阶段。2007年,全国各级各类民办学校共有9.52万所、民办培训机构2.23万所,在校生人数达到2500多万人。

30年来,中国各类出国留学人员总数达到221万人,国内教育机构累计接收国际学生达123万余人,中国与世界上184个国家和地区建立了教育合作与交流关系。

30年来,中国教育体制改革不断深化,全面普及九年义务教育、基本普及高中阶段的教育、积极发展各类高等教育、大力发展职业教育和继续教育,教育事业实现了跨越式发展,办学条件和教育质量得到明显改善,国民受教育程度大幅提高。

目前,全国小学学龄儿童入学率达到99.49%,初中、高中和高等教育的毛入学率分别达到98%、66%、23%。15岁以上人口平均受教育年限达到8.5年以上,教育普及程度接近中等收入国家平均水平。

中国政府继续坚定不移地将教育摆在优先发展的战略地位,更好地实施科教兴国战略、人才强国战略,努力使中国从一个人力资源的大国转向一个人力资源的强国,为中国的社会主义现代化建设提供强大的知识保障和智力支持。

第十一集　文化体制改革

【文化体制改革】

　　在中国的彩云之南、金沙江畔，有一座古朴秀丽而又充满民族风情的古城——丽江。过去，这里的丽江民族歌舞团依靠政府每年60多万元拨款维持生存；如今它改制为丽江民族演艺有限公司，依托丰富的民族文化资源，推出了著名的少数民族舞蹈表演"丽水金沙"，已连续演出6年，吸引观众超过300万人，总收入突破2亿元。

　　"丽水金沙"成功地实现了社会效益与经济效益的同步增长，是中国文化体制改革取得显著成就的一个美丽缩影。

　　改革开放以来特别是中共十六大以来，中国文化建设取得了巨大成就，公益性文化事业、经营性文化产业两翼齐飞，迎来了社会主义文化大发展大繁荣的生动局面。

　　"文化大革命"结束后,中国文化事业百废待兴。1979 年,中国文学艺术工作者第四次代表大会在中断 19 年后重新召开。邓小平在会上指出:"我们要在建设高度物质文明的同时,提高全民族的科学文化水平,发展高尚的丰富多彩的文化生活,建设高度的社会主义精神文明。"这篇重要讲话为新时期文化建设指明了前进方向。

　　20 世纪 80 年代,中国文化领域出现了许多新气象。以短篇小说《班主任》和《乔厂长上任记》、话剧《于无声处》、报告文学《哥德巴赫猜想》为代表的作品,反映了新时期文化春天的来临。

　　随着经济体制改革的启动,国家逐步改变对各级文化机构统包统管的旧模式,调整艺术部门和艺术团体的布局,重开广告市场。

　　进入 20 世纪 90 年代,随着社会主义市场经济的发展,对文化体制改革提出了新的要求。中共中央多次提出要积极推进文化体制改革,完善文化事业的有关经济

111

政策,并进行了有益探索,为新世纪新阶段全面推进文化体制改革积累了宝贵经验。

进入新世纪,进一步丰富精神文化生活越来越成为人们的热切愿望。

2002年11月,中共十六大明确提出要"继续深化文化体制改革","积极发展文化事业和文化产业"。

2003年6月,全国文化体制改革试点工作会议在北京召开,确定北京、上海等9个省市和35个宣传文化单位作为文化体制改革的试点。以这次会议为标志,中国文化体制改革的力度明显加大,在有益探索的基础上进入了一个全面深入的新阶段。

2003年10月,中共十六届三中全会明确把文化体制改革纳入完善社会主义市场经济体制的重要任务。2005年12月,中共中央、国务院发出《关于深化文化体制改革的若干意见》。随后召开的全国文化体制改革工作会议,对贯彻这个文件精神作了全面部署。次年国家制定了《"十一五"时期文化发展规划纲要》。

2007年,中共十七大进一步提出,要兴起社会主义文化建设新高潮,深化文化体制改革,提高国家文化软实力,更加自觉、更加主动地推动文化大发展大繁荣,更好

地保障人民群众的文化权益。

中共十六大以来,中国共产党和中国政府坚持一手抓公益性文化事业、一手抓经营性文化产业,文化事业取得显著进展,文化体制改革步伐明显加快,文化产业不断做大做强,文化战线日益焕发出生机与活力。

在发展公益性文化事业中,坚持以政府为主导,以基层为重点,建设覆盖全社会的公共文化服务体系,确保人民看电视、听广播、读书看报、参加大众文化活动等基本文化权益。

2007 年 11 月 6 日,湖北省为社会公众摆出一道文化盛宴:拥有曾侯乙编钟、越王勾践剑、郧县人头盖骨等珍贵文物的湖北省博物馆永久免费开放。从 2007 年起,全国博物馆逐步实行免费开放。到 2009 年,共计 1200 多座公共博物馆将全部免费开放。

这只是新时期新阶段中国公共文化服务体系建设的一个缩影。随着综合国力的提升,国家财政对公共文化的投入不断增加,2007 年全国文化事业费达 198.96 亿元,比 1980 年增长了 30 多倍。

广播电视村村通、社区和乡镇综合文化站、全国文化信息资源共享、农村电影放映、农家书屋建设……一系列

重大文化工程惠及普通百姓,关系人民群众切身利益的 113
城乡公共文化服务网络逐步构建起来。

> **数字30年→**
>
> 　　1978 年全国只有博物馆349 座,群众艺术
> 馆92 家,文化站172 个。目前,全国共有公共
> 图书馆2799 个,文化馆3217 个,文化站40608
> 个,博物馆1722 个,村文化室9 万多个。

　　2006 年底,全国建成各级文化中心和基层服务点
6700 个。目前,全国已建成2 万多个农家书屋、6 万多个
社区书屋。

　　到2007 年底,全国共有广播电台263 座、电视台287
座,分别比1978 年增长2.83 倍和8.97 倍;有线电视用
户达1.53 亿,已居世界首位。

　　这些崭新的公共文化设施使人民群众充分享受到文
化发展的丰硕成果。

　　文化体制改革全面启动以来,围绕重塑文化市场主
体、完善市场体系、改善宏观管理和转变政府职能这四个
关键环节,注重发挥市场在文化资源配置中的基础性作

用,实现从适应计划经济体制到适应社会主义市场经济体制的转变,着力推进经营性文化单位的企业化改革,鼓励引导有条件的文化企业面向资本市场融资,积极发展经营性文化产业,繁荣文化市场,满足人民群众多层次、多方面、多样性的精神文化需求。

2004 年,中国出版集团更名为中国出版集团公司。各地出版集团、发行集团、电影集团等也相继进行了企业改制。

2004 年 1 月,北京市儿童艺术剧团实行了股份制改造。改制后的北京市儿童艺术剧院股份有限公司,每年演出达到 400 多场,收入由 2003 年的 77 万元上升到 2007 年的 6000 余万元。仅在北京首都体育馆上演的大型儿童剧《魔山》,就吸引了数万名孩子和家长来到现场观看。短短两年时间,北京儿艺变依靠"输血"为"造血",发展为文化市场的新型主体。

2007 年 12 月,辽宁出版传媒股份有限公司在上海证券交易所挂牌上市,实施从产业经营向资本运营的重大转变。如今,中国已有 17 家出版集团公司、184 家图书出版社、230 家音像出版社和电子出版社、11 家国有电影制片厂、23 家电影公司、9 家电影发行放映公司、29 家省级和市级企业化的文艺院团,有 28 个省区市的新华书店注册为公司。全国已有 11 家文化企业在国内股票市场上市、2 家出版发行传媒企业在香港上市,一批大型国有及国有控股的文化企业脱颖而出。

实施重大文化产业项目带动战略,加快文化产业基地和区域性特色文化产业群建设。涵盖文化创意、影视制作、出版发行、印刷复制、广告、演艺、娱乐、文化会展、数字内容和动漫等若干文化产业的基地和文化产业群在各地涌现,逐步形成了以公有制为主体、多种所有制共同发展的文化产业格局和以民族文化为主体、吸收外来有益文化的文化市场格局。

通过企业化改革后,文化产品的品种、数量不断增加,思想性艺术性观赏性俱佳的精品力作大量涌现,向人们展示着中国文化的魅力。

中国图书品种已由 1977 年的 12886 种增长到 2007 年的 274376 种。音像制品和电子出版物从无到有,发展迅速。

1978 年中国只拍摄电影 46 部,2002 年拍摄国产电影 100 部,2007 年中国国产电影达 402 部,票房超过 33 亿元,已成为世界第三电影生产大国。近年来,全国平均

每天生产电视剧 40 集左右,观众数以亿计,成为世界第一电视剧生产大国。

文化产业正在成为新的经济增长点。在北京、上海、广东等地,文化产业增加值均占 GDP 的 6% 以上,成为国民经济支柱产业。

加快转变政府职能,按照建设法治政府和服务型政府的要求,推进政企分开、政资分开、政事分开、政府与市场中介组织分开,推动文化行政管理部门逐步实现由办文化为主向管文化为主转变,由管微观向管宏观转变,由主要面向直属单位转为面向全社会,履行好政策调节、市场监管、社会管理、公共服务的职能,不断加强对文化建设的宏观管理。

政府由主要以行政手段管理为主向综合运用法律、经济、行政、技术等手段管理转变。文化立法工作稳步推进,中国特色社会主义文化法律框架体系初步形成。

2004 年以来,中国先后举办了十多届国家级文化产业博览会,签订合同和意向合同金额 2500 多亿元。

2006 年,在法兰克福国际书展上,中国图书版权交易首次实现贸易顺差。

如今,中国已有 200 多所孔子学院分布在全球 50 多个国家和地区。

中央电视台中文国际、英文国际、西班牙语和法语频道通过卫星传送基本覆盖全球，目前海外用户达8400万。

中国国际广播电台拥有11座境外整频率电台、153家境外合作电台，通过53种语言对外播出，逐步构建起现代化的国际传播新体系。

中华文化以全方位、多层次、宽领域的开放格局走向世界，推动着世界文化多样化发展。

北京奥运会开幕式上，呈现在世界面前的，是一场精美绝伦的中华文化盛宴。开幕式上的"水墨长卷"书写了中华民族五千年悠久灿烂的文化，展示了30年改革开放给中国文化带来的勃勃生机。

中国文化源远流长而又青春焕发，它是全人类共有的精神财富。

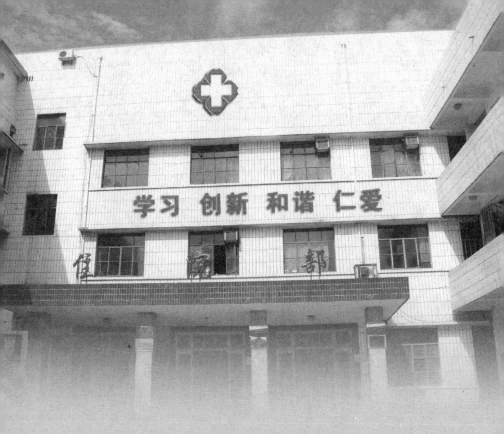

学习 创新 和谐 仁爱

第十二集
医疗卫生体制改革

改革开放30年纪实

【医疗卫生体制改革】

　　北京市房山区中医医院是中国农村一家普通的医院,但是从2007年3月14日起,农民在这里看病又有了新气象。就在这一天,北京市房山区新型农村合作医疗网上直报系统开通,参加新型农村合作医疗的农民在医院就诊后,大部分医疗费用可以直接在网上报销。

　　改革开放30年来,中国不断深化医疗卫生体制改革,加强医疗卫生服务体系和保障体系的建设,努力发展各项医疗卫生事业,使城乡医疗卫生面貌发生很大变化,人民群众健康水平得到不断提高。

30 年前,看病难、住院难、手术难随处可见。中国人日益增长的医疗需求与医疗服务资源相对短缺之间的矛盾非常突出。

20 世纪 80 年代初,在加强对公立医院管理的同时,中国打开了医疗主体多样化发展的渠道。

1980 年,国务院批准了卫生部《关于允许个体开业行医问题的请示报告》。此后,随着私营医院、股份制医院、合资合作医院的陆续出现,中国基本形成政府、企事业单位和个人力量多渠道、多形式办医院的格局。

20 世纪 80 年代中期到 90 年代初,国务院下发了《关于深化卫生医疗体制改革的几点意见》,卫生部印发了《关于卫生工作改革若干政策问题的报告》。中国医疗卫生体制改革开始起步。

在改革过程中,各级医疗卫生机构注重转换运行机制,放权让利,扩大医院自主权,努力提高效率和效益。

这一时期,在政府投入相对不足的情况下,通过改革,医疗服务机构的数量、医生及床位数量显著增加,技术装备水平得到改善,医务人员的业务素质和积极性也有了很大提高,能够较好地满足人们的医疗需求。

公共卫生机构的技术能力得到提高,服务范围有所扩展,初步形成以疾病控制、计划免疫、妇幼保健、卫生监督、监测、急诊急救和血液保障为支柱的综合服务体系。

同时,政府出台了一大批卫生法规、文件和标准,涵盖公共卫生的大多数领域。

然而,在诸多因素的影响下,直到上世纪 90 年代中期,中国的医疗卫生事业仍存在许多不尽如人意的地方,主要表现是看病难、看病贵、医患关系紧张、医疗服务的公益性、公平性水平下降等多方面问题。

1996 年 12 月,全国卫生工作会议在北京召开,江泽民在会上明确提出,卫生改革与发展要坚持为人民服务的宗旨,要把社会效益放在首位。

1997 年 1 月,中共中央、国务院出台了《关于卫生改革与发展的决定》,对改革城镇职工医疗保险制度、改革卫生管理体制、积极发展社区卫生服务、改革卫生机构运行机制等各项工作作出具体部署。

2000 年,政府发布了《关于城镇医药卫生体制改革

124

的指导意见》，开始实施新的医疗机构分类管理制度，医药分开核算、分别管理、集中采购制度得以执行。

2003 年春节过后，一种被称为非典型性肺炎的呼吸道传染病，在毫无预兆的情形下肆虐成灾。在这场突如其来的灾难中，中国人民万众一心，无私奉献，取得了抗击"非典"斗争的重大胜利。通过对抗击"非典"工作的反思，中国政府开始对医疗卫生服务过度市场化等问题进行纠偏，更加注重卫生服务的公益化、事业化功能，加大对公共卫生、城乡基层医疗卫生的财政投入，强化医疗卫生领域的突发应急机制建设。

2003 年 5 月 12 日，《公共卫生突发事件应急条例》公布实施。这个条例推动农村三级卫生服务网络和城市社区卫生服务体系加快完善。

2003 年以来，中国各级政府不断加大对农村卫生服务体系的支持力度，以乡镇卫生院建设为重点，逐步健全县、乡、村三级卫生服务网络，使广大乡村的卫生服务条件和能力得到很大提高。

在城市，各级政府对社区医疗机构的经费投入不断增加，促使社区医疗费用逐步降低，从而吸引更多的病患进入社区卫生机构就医。这是一种家门口的医疗服务，它极大地缓解了中国城乡居民看病难的问题。

数字30年→

　　截至 2007 年底,全国县及县级市共建有医院 8961 所、妇幼保健院(所、站)2540 所、乡镇卫生院 3.9 万个、村卫生室 61.4 万个。截至 2007 年底,全国已设立社区卫生服务中心(站)2.7 万个,服务人员接近 20 万人。2007年,全国社区卫生服务中心诊疗人次为 1.3 亿人次,住院人数 74 万人;社区卫生服务站诊疗人次为 1.0 亿人次。

　　各地政府鼓励平价药房的发展,对建立济困医院进行了有益的探索。

　　疾病预防一直是中国发展公共卫生事业的重中之重。到 2007 年末,全国已建有疾病预防控制中心(预防保健中心)3586 个,在疾病预防控制方面取得显著成就。

　　促进中西医结合,是中国政府的一贯政策。国家"十一五"发展规划、国家中长期科技发展规划和卫生事业发展"十一五"规划都将中医药列为重点内容,中央财

政对中医药的投入在大幅增加。在不断推进市场化改革的进程中,中国的中医药事业进入快速发展的轨道。

在医疗卫生事业不断发展的同时,中国医疗保障的覆盖面在不断扩大,内容不断扩展,逐步向"人人享有医疗保障"的目标迈进。

1998 年 12 月,国务院发布了《关于建立城镇职工基本医疗保险制度的决定》。后来,这些制度从城镇正规就业职工扩展到城镇所有从业人员。

2007 年底,参加城镇职工基本医疗保险的人数达到18020 万人,全年城镇基本医疗保险基金筹集 2214 亿元,支出 1552 亿元。

2006 年,国务院发布《关于解决农民工问题的若干意见》,农民工被纳入工伤保险和大病医疗保障的范围,开始享受与城镇职工相同的政策待遇。

2007 年,国务院出台了《关于开展城镇居民基本医疗保险试点的指导意见》。针对除城镇职工以外的非从业居民,适时推出城镇居民基本医疗保险制度试点。

2008 年试点继续扩大,预计 2009 年试点城市将达到 80% 以上,2010 年在全国全面推开。届时,该制度将覆盖全体城镇非从业居民。

在医疗救助方面,国家针对城乡贫困群体的医疗救助范围不断扩大,标准不断提高。仅2007年,全国农村医疗救助就达到2900万人次,城市医疗救助达到442万人次。

为了解决农村地区看病就医难的问题,减轻农民的医疗负担,中国正在逐步建立起覆盖农村地区的医疗保障体系。

2002年,中共中央、国务院发布《关于进一步加强农村卫生工作的决定》,明确指出要"逐步建立以大病统筹为主的新型农村合作医疗制度"。2003年,《关于建立新型农村合作医疗制度的意见》发布,决定到2010年,建立起基本覆盖农村居民的新型农村合作医疗制度。

新型农村合作医疗制度由政府组织、引导、支持,农民自愿参加,个人、集体和政府多方筹资,是一种以大病统筹为主的农民医疗互助共济制度。由于政府的高度重视,不断投入,新型农村合作医疗发展迅速。到2008年6月底,全国已有2729个县(区、市)开展了新型农村合作医疗,参加农民人数达到8.15亿人,全面覆盖全国农村地区的目标提前两年完成。

2007年,中共十七大明确提出,在全面建设小康社

会中,要让"人人享有基本医疗卫生服务",把"病有所医"作为社会建设的目标之一,要求加快建设覆盖城乡居民的公共卫生服务体系、医疗服务体系、医疗保障体系、药品供应保障体系,使群众得到安全、有效、方便、价廉的医疗卫生服务。

为了实现这一目标,新一轮的医疗卫生体制改革正在启动。

2008年9月10日,国务院常务会议原则通过《关于深化医药卫生体制改革的意见》。

《意见》指出,坚持公共医疗卫生的公益性质,坚持预防为主、以农村为重点、中西医并重,积极探索政事分开、管办分开、医药分开、营利性和非营利性分开,努力建立科学的医疗卫生体制机制。

30年来,中国的医疗卫生事业取得了明显成就,人民群众的健康水平显著提高。在建国初期,中国人口的平均寿命为:男性39岁,女性42岁;目前,中国人平均预期寿命已达到73岁,在发展中国家中处于较好的水平。

新世纪新阶段,中国正在从事着世界上最大规模的医疗卫生服务工作。相信在全社会共同努力下,让13亿人享有基本医疗卫生服务这一目标一定可以实现!

第十三集　社会体制改革

【社会体制改革】

　　2007 年 12 月 2 日,两个全新的部门在北京公众面前公开亮相:北京市委社会工委和市社会建设办在这一天正式挂牌成立。

　　这是北京市创新社会管理体制、加快推进社会建设的一个重大步骤,充分展示了中国在构建社会主义和谐社会中不断稳步前进的步伐。

　　1978 年,中共十一届三中全会作出了把党和国家工作中心转移到经济建设上来、实行改革开放的历史性决策。中国社会前进的方向实现了伟大的转折。

　　党和国家积极采取落实知识分子政策等措施,着力调整各种社会关系。一系列调整社会关系的举措,有效调动了社会各阶层人民的积极性,增强了社会的凝聚力,激发出蕴藏在中国社会中的巨大能量,现代化建设不断开创出全新的局面。

　　邓小平科学地阐述了建设中国特色社会主义的一系列重大理论观点,对社会主义社会建设作出了很多重要的论断。邓小平说,社会主义的本质,是解放生产力,发展生产力,消灭剥削,消除两极分化,最终达到共同富裕;社会主义发展生产力,成果是属于人民的;要按照统筹兼顾的原则来调节各种利益的相互关系,正确处理人民内部矛盾;要调动一切积极因素,团结一切可以团结的力量,建设中国式的社会主义。

　　中共十二大把精神文明建设作为中国社会主义现代化的重要目标提了出来,并决定把国民经济五年计划改为国民经济和社会发展五年计划,从名称上首次体现了国家对社会发展的重视。

　　1985年,中国共产党全国代表会议通过了《中共中央关于制定国民经济和社会发展第七个五年计划的建议》。此后,国民经济与社会发展始终联系在一起,充分表明社会发展已经是党和政府的一项重要工作。

　　随着工业化、城镇化和经济结构调整加速,社会组织形式、就业结构、社会结构的变革不断加快,整个社会的利益格局发生了深刻的变化。城乡、地区发展不平衡,失业下岗职工增多,社会事业发展滞后,社会管理难度加大等矛盾和问题逐渐暴露出来。

　　面对经济社会生活出现多样化的新形势,江泽民强调,要正确处理新形势下的人民内部矛盾,正确反映和兼顾不同方面群众的利益;要坚持把改革的力度、发展的速度和社会可承受的程度统一起来,把不断改善人民生活作为处理改革发展稳定关系的重要结合点,着力在社会稳定中推进改革发展,通过发展促进社会稳定。

　　1995年9月,中共十四届五中全会通过《中共中央

关于制定国民经济和社会发展"九五"计划和2010年远景目标的建议》,对未来十五年中国的经济和社会发展提出了完整的战略构想,对社会发展的主要任务和基本政策作出了部署。

在国际局势风云变幻的情况下,中国经济实现了持续快速健康的发展,人民生活得到显著改善,社会长期保持安定团结。

进入21世纪,中国人均国内生产总值突破了1000美元,改革发展进入了一个新的关键时期。人民群众的物质文化需要不断提高并更趋多样化,社会利益关系更趋复杂。特别是受经济文化发展水平等多方面的限制,统筹兼顾各方面利益的难度加大;体制创新进入攻坚阶段,深化改革,扩大开放,进一步触及深层次矛盾和问题;劳动者就业结构和方式不断变化,人员流动性大大加强,社会组织和管理面临许多新的问题。

2002年11月,中共十六大作出了一个重要的判断。会议认为21世纪头20年是一个中国必须紧紧抓住并且可以大有作为的重要战略机遇期,并且明确提出了全面建设小康社会的奋斗目标。

"全面建设惠及十几亿人口的更高水平的小康社

会,使经济更加发展、民主更加健全、科教更加进步、文化
更加繁荣、社会更加和谐、人民生活更加殷实",这就对
中国经济社会发展提出了更高更全面的新要求。

"社会更加和谐",第一次成为中国共产党要为之奋
斗的一个重要目标。

中共十六届三中全会通过的《关于完善社会主义市
场经济体制若干问题的决定》,正式提出了科学发展观
的重大战略思想,强调坚持以人为本,树立全面、协调、可
持续的发展观,促进经济社会和人的全面发展。

在贯彻落实科学发展观、全面建设小康社会的过程
中,中共十六届四中全会把"构建社会主义和谐社会"作
为党执政的重要目标,强调"形成全体人民各尽其能、各
得其所而又和谐相处的社会"。

2006年10月,中共十六届六中全会通过的《中共中
央关于构建社会主义和谐社会若干重大问题的决定》,
提出了到2020年构建社会主义和谐社会的指导思想、目
标任务、工作原则和重大举措,对构建社会主义和谐社会
作出全面部署。

这是中国共产党自执政以来第一个加强社会建设的
重要文献,是指导当前和今后一个时期构建社会主义和

谐社会的纲领性文件。

中国共产党提出构建社会主义和谐社会,使当代中国的发展目标由发展社会主义市场经济、社会主义民主政治和社会主义先进文化的三位一体,扩展为包括社会主义经济建设、政治建设、文化建设和社会建设的四位一体。它反映了建设富强民主文明和谐的社会主义现代化国家的内在要求,拓展了中国特色社会主义事业总体布局。

2007年10月,中共十七大强调:"科学发展、社会和谐是发展中国特色社会主义的基本要求。"会议明确指出:"实现社会公平正义是中国共产党人的一贯主张,是发展中国特色社会主义的重大任务。"会议提出,要把中国建设成为人民富裕程度普遍提高、生活质量明显改善、生态环境良好的国家,成为人民享有更加充分民主权利、具有更高文明素质和精神追求的国家,成为各方面制度更加完善、社会更加充满活力而又安定团结的国家,成为对外更加开放、更加具有亲和力、对人类文明作出更大贡献的国家。

根据实现全面建设小康社会奋斗目标的新要求,十七大明确指出,必须加快推进以改善民生为重点的社会建设。在经济发展的基础上,更加注重社会建设,着力保障和改善民生,推进社会体制改革,扩大公共服务,完善社会管理,促进社会公平正义,努力使全体人民学有所教、劳有所得、病有所医、老有所养、住有所居,推动建设和谐社会。

免征各种农业税费,采取措施解决拖欠农民工工资问题,免除上亿元农村义务教育阶段学生的学杂费……

从中央到地方,从东部沿海到中西部地区,各级政府都在采取有效的政策和措施,加大公共服务投入。从一件件小事做起,着力破解就业难、看病难、上学难、住房难、行路难等人民群众最关心、最直接、最现实的利益问题,践行着发展为了人民、发展依靠人民、发展成果由人民共享的执政理念。

所有这些举措均体现了中国共产党和中国政府以人为本的执政理念。以人为本,是中国构建社会主义和谐社会的出发点和落脚点。

随着社会主义市场经济体制的建立,使中国社会各方面的面貌发生了巨大变化,对社会管理提出了新的要求。

中共十七大提出,要健全党委领导、政府负责、社会

138

协同、公众参与的社会管理格局,健全基层社会管理体制,这就为深化社会管理体制改革指明了方向。

社会管理体制改革不断深化,政府逐步转变职能,在社会事务管理中坚持依法行政,大幅度减少了社会事业的行政审批事项,大力培育社会组织、中介组织和城乡基层自治组织,使之承担起一定的自我管理和自我服务的社会功能,社会管理的社会化取得了显著进展。

公共服务体制的改革和创新是社会体制改革和创新的重要保障。中国政府不断增加公共服务的总量,把人力、物力、财力等公共资源更多地向社会管理和公共服务倾斜,向社会提供更多更好的公共服务。同时,优化公共资源的配置,注重向公共服务薄弱的农村、基层、欠发达地区倾斜。

这些年来,联合国开发计划署一直在使用人类发展指数(HDI)来衡量其成员国的经济社会发展水平。这是一个包括健康长寿、获取知识、温饱等三个基本指标的综合指数,分数越高,表明该国的经济社会发展水平越高。在最新的报告中,中国得分为 0.777,名列全球第 81 位,在发展中国家居于前列。得分变化的趋势更可以让人们清晰地看到改革开放 30 年来中国经济社会发展所取得

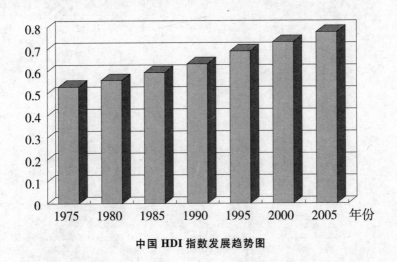

中国 HDI 指数发展趋势图

的巨大进步。

　　30 年的实践证明,通过社会体制改革和社会建设促进社会进步,通过改善民生促进经济社会协调发展,通过增进公平正义促进社会和谐,这是一条成功的道路。在将来,中国还将沿着这条道路继续坚定不移地走下去。

第十四集　就业体制改革

【就业体制改革】

　　中国是世界上人口最多的国家。众多的人口无疑是一种宝贵的资源,但这也使中国面临着解决近8亿劳动力就业的巨大压力。

　　在30年的改革开放中,中国不断深化就业体制改革,不断实施扩大就业的发展战略,促进以创业带动就业,始终保持就业形势的基本稳定,使就业问题得到不断改善,在就业这一世界性话题中,摸索出了许多独特的中国经验。

改革开放之前,中国实行以统包统配为主要内容的计划就业制度。在城镇,劳动者就业由政府包揽,劳动力配置靠行政调配,企业基本没有用工自主权。在农村,农民与土地紧紧地捆绑在一起,劳动力的流动受到了严格的限制,形式上的"充分就业"掩盖着深层次的劳动力过剩问题。

改革开放之后,城镇就业开始出现许多新问题。大批下乡的知识青年返回城市,加上庞大的人口基数形成的新增就业人口,使得当时的就业形势相当严峻。

1980 年 8 月,全国劳动就业工作会议提出了实行"在国家统筹规划和指导下,劳动部门介绍就业、自愿组织起来就业和自谋职业相结合"的就业方针。此后,城乡劳动服务公司和集体经济迅速发展,在直接安排青年就业的同时,劳动部门积极开展城镇失业青年的就业培训。这些新兴的劳动组织成为失业青年就业安置的"蓄水池"。

"三结合"的就业方针为个体私营经济的发展打开了通道,城市里零售、饮食、服务网点逐步增加,个体、私营经济不断涌现,成为解决就业的重要途径。发展商品经济的热潮还吸引了一大批从国企或机关事业单位辞职"下海"的弄潮儿。到 1988 年底,城镇就业人口达到 14267 万人,比 1978 年增长 50%;城镇失业率从 1979 年的 5.4% 下降到 2% 左右。

随着经济的快速发展以及改革措施的出台,改革开放以来城镇就业的第一次冲击波被成功化解。

20 世纪 90 年代以来,国有企业在使用劳动力方面的自主权不断扩大,"铁饭碗"逐渐被打破,企业招工走向市场化,用工制度从固定工制度逐步转变为劳动合同制。随着国有企业改革的深入和经济结构调整步伐加快,国有企业内部的大量隐性失业人员开始显性化。到 1997 年底,企业职工下岗累计达 1200 万人,城镇登记失业人员 600 万人。中国面临着一种全新的就业压力。

1998 年 5 月,国有企业下岗职工基本生活保障和再就业工作会议在北京召开。会议指出,再就业工作不仅是重大的经济问题,也是重大的政治问题;会议确立了"劳动者自主择业、市场调节就业、政府促进就业"的新就业方针。

轰轰烈烈的再就业工程在全国展开。出现下岗职工

的国有企业普遍建立了再就业服务中心,并采取"三条保障线":即下岗职工基本生活保障、失业保险、城市低保制度。在再就业服务中心,下岗职工可以最长领取3年的基本生活费,期满未就业的被纳入失业保险,可以领取最长2年的失业保险金,期满仍未就业的被纳入城市低保。下岗职工基本生活保障所需,按"三三制"原则由企业、中央和地方财政、失业保险基金共同分担,这种制度有效地保证了下岗职工的基本生活。

在中央的要求下,各级党委和政府下大力气建设和完善劳动力市场体系,建立公共就业服务制度,积极采取职业指导、职业介绍和就业培训措施,有效地促进了下岗劳动者的再就业。从1998年初到2003年6月,全国累计有1850万下岗失业人员实现了再就业,再就业率达到67%。

从1998年起,中国年均经济增长率始终保持在8%以上,每年新增工作岗位保持在1500万左右,加上政府大力推动的再就业工程,两股强大的动力使得城镇就业的第二次冲击波得到了有力的缓解。

再就业工程创造了一个中国式的奇迹,农村劳动力的释放与安置则创造了另一个奇迹。

在农村改革的进程中,家庭联产承包责任制提高了农业生产效率,大量农村剩余劳动力从土地上解放出来。20世纪80年代中期,政府开始鼓励劳动力到临近的小城镇打工。随后,又允许农民自带口粮进入城市务工经商。各种限制农村劳动力流动的政策逐步解除。

随着工业化和城市化进程加快,大批农村劳动力开始向大中城市和沿海经济发达地区流动。20世纪90年代初,"民工潮"开始涌现,规模不断增大。

中国政府高度重视城乡社会经济的统筹发展,逐步建立起全体城乡劳动者平等就业的制度。政府积极采取多种措施推动农业富余劳动力向非农产业转移,依法维护农民工的合法权益,引导农村劳动力合理有序流动。

2007年,有2.1亿农村劳动力在城镇实现就业,其中有1.2亿人离开了本乡本土。

进入21世纪,中国依然面临严峻的就业形势。2002年9月,中共中央、国务院召开全国再就业工作会议,下发《关于进一步做好下岗失业人员再就业工作的通知》,确立了"就业是民生之本"的指导思想,把扩大就业摆在经济社会发展的突出位置,开始实行积极的就业政策,并在实践中不断完善。

数字 **30** 年→

截至 2007 年底,全国共有技工学校 2995 所,在校生近 370 万人;共有就业训练中心 3173 所,民办职业培训机构 21811 所,当年开展各类职业培训 1960 万人次;全国共有职业技能鉴定机构 7794 个,有职业技能鉴定考评人员 15.8 万人,当年共有 1223 万人参加了职业技能鉴定;有 996 万人取得不同等级职业资格证书,其中取得技师、高级技师职业资格的有 32 万人。2007 年,全国技工学校在校生人数接近 370 万人;1960 万人次参加了各类职业培训;1223 万人参加了各种职业技能鉴定;32 万人取得了技师、高级技师的职业资格。

　　中共十七大把鼓励创业、支持创业摆到就业工作更加突出的位置,确立了"促进以创业带动就业"的重大方针。政府通过开展创业培训、发放小额担保贷款、财政贴息、减免税费等政策措施,积极扶持劳动者自主创业、自谋职业,促进创业带动就业。政府千方百计地开发更多的公益性就业岗位,实施就业援助,较好解决了就业困难人员的再就业问题。政府加强劳动力市场信息网络的建设,促进劳动力供求信息的交流,积极帮助劳动者通过劳动力市场实现就业和再就业。覆盖城乡的公共就业服务体系逐步得到建立和完善。为提高劳动者的文化素质和职业技能,国家通过多种途径建立起就业前培训、在职培训、再就业培训、创业培训等职业培训体系。

中国保障妇女享有与男子平等的劳动权利,并努力为不同就业需求的妇女提供就业机会。《中华人民共和国残疾人保障法》等一系列法规政策,使残疾人的就业权利得到了坚实的法律和政策保障。针对逐年增多的高校毕业生,中国政府大力拓展就业渠道,为他们提供政策咨询、就业指导、职业资格培训和职业技能鉴定等服务。

20 世纪 90 年代以来,中国逐步形成了以《中华人民共和国劳动法》、《中华人民共和国劳动合同法》为主体的调整劳动关系的法律法规体系,建立了劳动合同和集体合同制度、三方协调机制、劳动标准体系、劳动争议处理体制和劳动保障监察制度。

一种与社会主义市场经济相适应的新型劳动关系基本形成,劳动关系和谐与稳定得到维护。

作为就业工作的一个重要里程碑,《中华人民共和国就业促进法》于 2008 年 1 月 1 日正式施行。它为中国

150 实施积极、稳定的促进就业政策提供了法律保障,也标志着中国的劳动保障法律体制建设在不断成熟。

改革开放 30 年以来,伴随着快速发展的中国经济,中国的劳动就业问题得到有效的解决。中国政府通过积极实施各种促进就业的政策,使就业总量和结构上存在的诸多突出矛盾逐一化解,成功地走出了一条有中国特色的就业道路。

目前,中国已经确定了到 2020 年实现全社会就业更加充分的发展目标,制定了实施扩大就业的发展战略。通过实施这一战略,中国丰富的劳动力资源将得到不断开发,一个实现充分就业的和谐中国将使全世界的人们充满敬意。

数字 30 年→

2007 年底全国就业人员 76990 万人,第一产业就业人员 31444 万人,占全国就业人员的 40.8%;第二产业 20629 万人,占 26.8%;第三产业 24917 万人,占 32.4%。2007 年,城镇就业人员 29350 万人,当年城镇新增就业人员 1204 万人,有 515 万下岗失业人员实现了再就业。

第十五集
社会保障制度改革

改革开放30年纪实

【社会保障制度改革】

北京的早晨生机勃勃,老人们的生活丰富多彩。在他们颐养天年的背后,是中国经济社会的快速发展所提供的雄厚物质基础和不断改革完善的社会保障制度。

改革开放30年来,中国逐渐织就了一张健全的社会保障网络,覆盖着从城镇到乡村的十多亿中国人民,涉及社会保险、社会福利、优抚安置、社会救助和住房保障等各个领域,为人民的幸福安康提供了重要保证。

改革开放以前,中国长期实行与计划经济体制相统一的、主要覆盖城镇职工的社会保障制度。

这是一个企业,同时又是一个小"社会"。它为职工提供着生、老、病、死等"包揽一切"的福利待遇。国家的社会保障功能在很大程度上交给了机关及国有企事业单位。

这种建立在高成本、低覆盖基础上的单位保障制度,随着经济体制改革和国有企业改革的深化,逐渐成为制约企业发展的因素之一。

1986 年,社会保障制度改革的大幕徐徐拉开。这一年,国家"七五"计划出台,提出要改革社会保障管理体制,坚持社会化管理与单位管理相结合,以社会化管理为主,逐步"建立具有中国特色的社会主义的社会保障制度"。

城镇企业养老保险制度成为改革的突破口。全民和集体所有制企业开始了退休费用社会统筹的试点,按照

"以支定收、略有结余"的原则,实行保险费的统一收缴、养老金的统一发放。

1991 年,国家提出建立基本养老保险、企业补充养老保险和职工个人储蓄性养老保险相结合的养老保险制度,费用由国家、企业和个人共同负担,并明确规定基本养老保险实行社会统筹。

其他领域的改革也逐步推开。国营企业开始推行职工待业保险制度,机关事业单位的公费医疗制度和国有企业的劳保医疗制度也进行了相应的改革。

1993 年,中共十四届三中全会通过的《中共中央关于建立社会主义市场经济体制若干问题的决定》,把建立社会保障制度作为社会主义市场经济基本框架的五个组成部分之一,并系统阐述了社会保障体系的目标、任务、基本原则和基本内容。

建立完善的社会保险制度成为这一时期的中心工作,被人们简称为"三险"的养老保险、医疗保险和失业保险更是工作的重中之重。

在养老保险方面,中央决定建立社会统筹与个人账户相结合的模式,明确基本养老保险费用由企业和个人共同负担。工伤保险、生育保险改革也在这一时期启动。

1994年,江苏省镇江市、江西省九江市率先开始了城镇职工基本医疗保险制度改革试点,1996年试点范围进一步扩大到38个城市。

中共十五大以后,社会保障制度加快了改革的步伐。1998年,城镇职工基本养老保险与基本医疗保险制度实现了全国性的统一,这标志着两大社会保险制度基本建立。

同一时期,国有大中型企业普遍推行了下岗分流、减员增效工程,累计有2000多万职工下岗。中国的社会保障体系和社会稳定面临着史无前例的挑战。

在严峻的形势下,中央提出了确保国有企业下岗职工基本生活费和离退休人员养老金的按时足额发放,即"两个确保"的重大政策。

为保证"两个确保"的实施,政府还提出了以国有企业下岗职工基本生活保障、失业保险和城市居民最低生活保障为内容的"三条保障线"政策。

国有企业普遍建立了再就业服务中心。1998年至2002年6月底,全国累计有国有企业下岗职工及失业人员2600多万人,其中90%以上进入企业再就业服务中心,基本都能按时领到生活费,并由中心代缴社会保险费。同期,领取基本养老金的企业离退休人数从2700多万人增加到3200多万人,他们也基本能够按时足额领到基本养老金。

这些重大措施的实施,有效保障了困难群体的基本生活,维护了改革发展稳定的大局。在这一过程中,中国政府加深了对社会保障作用的认识,社会保障制度改革进一步推进。

2000年,全国社会保障基金建立。作为政府专门用于社会保障支出的调节基金,截至2007年末,基金总资产市值达到5162亿元。

进入21世纪后,中国陆续出台一系列政策,社会保障的覆盖群体逐步从正规就业人员扩展到非正规就业人员、从城镇扩展到农村、从从业人员扩展到非从业居民,进入了全面改善民生的发展新阶段。

从2001年开始,国有企业下岗职工基本生活保障制度向失业保险并轨。2007年末,全国参加失业保险人数为11645万人。失业保险制度的实施,保障了职工失业后的基本生活。

为保障城乡群众的基本医疗需求,中国逐渐构建起由城镇职工基本医疗保险、城镇居民基本医疗保险、新型

农村合作医疗和城乡医疗救助制度组成的基本医疗保障网。

2003年4月,国务院颁布《工伤保险条例》,中国工伤保险事业进入快速发展阶段。目前全国参加工伤保险的人数超过1.3亿人。工伤康复制度正逐步建立。工伤保险制度的实施,保障了职工因工伤亡后的基本生活,成为中国工业化和现代化进程中一道重要的安全网。

2006年,中国政府出台《关于解决农民工问题的若干意见》,从工伤保险、医疗保险起步,农民工开始进入社会保障体系的涵盖范围。当年,政府启动了推动农民工参加工伤保险的"平安计划",目前参加工伤保险的农民工人数超过4700万人。

从1991年开始,全国大部分地区开展了农村社会养老保险试点。到2007年底,全国共有5171万农民参保,积累保险基金412亿元,392万参保农民领取养老金。目前,正在探索建立个人缴费、集体补助、政府补贴相结合及基础养老金与个人账户相结合的"新型农村社会养老保险"制度。

从2003年开始,部分地区探索建立被征地农民社会保障制度。之后国务院先后下发3个政策性文件,对被征地农民的社会保障作了具体规定,要求采取多种方式保障被征地农民基本生活和长远生计。截至 2007 年底,全国已有 1120 万被征地农民纳入社会保障体系,有效维护了被征地农民的社会保障权益。

在新型农村合作医疗制度以外,2007 年,又一项重要的制度在农村全面展开。和城里人一样,农民也开始享受到最低生活保障。2007 年,全国共有 2270.9 万城市居民和 3451.9 万农村居民享受了最低生活保障待遇。

部分地区还开始试行农村居民养老保险试点工作,受到农民的欢迎。

在社会保障制度不断完善的同时,中国的社会福利事业也取得长足发展,政府通过多种渠道筹集资金,为老年人、孤儿和残疾人等特殊群体提供社会福利服务。

政府建立了针对突发性自然灾害的应急体系和灾民救助制度,尽最大可能对受灾群众进行救济,各种社会互助活动更是为生活困难的群众送去了温暖和爱心。

在很长一段时间内,中国的城镇居民实行福利分房制度,人民的住房条件亟待改善。

1999 年实行货币化住房制度后,中国住房与房地产业进入新时代。经过十年发展,整齐漂亮的居民小区比

160

比皆是,人居环境大大改善,住房水平不断提高。

中国政府积极推进以住房公积金制度、经济适用房制度、廉租住房制度为主要内容的城镇住房保障制度建设,建立了多层次住房保障体系,为城镇低收入家庭改善住房条件提供了一条重要渠道。

2007年,中共十七大提出,要加快建立以社会保险、社会救助、社会福利为基础,以基本养老、基本医疗、最低生活保障为重点,以慈善事业、商业保险为补充,覆盖城乡居民的社会保障体系,保障人民基本生活。这进一步明确了中国社会保障制度改革的方向和目标。

当前,中国社会保障体系建设正在进入定型化、规范化、法制化的新阶段,向着人人享有社会保障的目标迈进。它将更好地使广大人民群众老有所养、病有所医、失有所补、困有所助、安居乐业,在保障基本生活、维护社会稳定、促进经济发展、实现社会公平方面发挥更加重要的功能。

第十六集　强军之路

【强 军 之 路】

　　2008 年 8 月 7 日,这一天的北京奥运火炬传递在八达岭长城段开始。第一棒火炬手、中国人民解放军空军"试飞英雄"李中华拿到火炬后,首先深情而庄重地向长城敬了一个军礼。

　　在中国人的文化符号里,长城是国防的象征。今天,古老的长城与青春焕发的中国一样,以全新的姿容吸引着一批又一批来自世界各地的游客。

　　作为共和国新的长城,中国的国防和军队建设又发生了怎样的变化呢?

当人们亲切地称邓小平为中国改革开放的总设计师时,这位老人却说,他是个军人,他真正的专业是打仗。

上世纪 80 年代,在邓小平思考当代中国发展新路的同时,他也在谋划军队的改革和发展问题。

1981 年深秋,在华北塞外某地,中国军队进行了一次建国以来规模最大的实兵演习。也就是在这次演习中,邓小平明确提出:"必须把我军建设成为一支强大的现代化、正规化的革命军队。"

革命化、现代化、正规化的统一,指出了新时期军队建设的总目标。

"文化大革命"期间,中国军队一度显得有些臃肿。早在 1975 年,邓小平就提出了军队要整顿、首先是"消肿"的思想。

20 世纪 80 年代,基于对战争与和平问题的新判断,中国作出了军队体制改革、精简整编的重大战略决策。之后,军队精简整编接连迈出重大步伐。

　　1985年5月,中国裁减军队员额100万;20世纪90年代又裁减员额50万;21世纪初再次裁减员额20万。现在,中国军队总员额保持在230万左右。

　　中国单方面裁军的气度为国际军控史所罕见。这是中国有信心、有力量和爱好和平的表现,也反映了中国国防和军队建设的战略性抉择——走中国特色的精兵之路。

　　精简整编对中国军队来说是一次革命。在不断"消肿瘦身"的同时,人民解放军努力实现综合集成,优化结构,整合资源;突出海军、空军、二炮部队建设,突出陆军高技术兵种的建设,发展信息化新型作战力量;初步构建了陆海空天电一体化作战力量体系和联合作战指挥体系。

　　通过精简整编,人民解放军朝着规模适度、结构合理、机构精干、指挥灵便、战斗力强的目标迈出了坚实步伐。

20 世纪 90 年代初,在国际格局深刻变动、国内社会急剧变革的新形势下,江泽民向全军发出了"政治合格、军事过硬、作风优良、纪律严明、保障有力"的号召,进一步明确了新形势下军队建设的总要求。

1991 年,海湾战争的硝烟尚未散尽,江泽民就一连数天亲临在军事科学院召开的理论研讨会。

海湾战争表明,人类战争形态正在发生深刻变化,信息化战争已叩响了世纪之门。在扑面而来的新军事变革前,江泽民主持制定并充实完善了新时期军事战略方针,明确提出把军事斗争准备的基点,放在打赢现代技术特别是信息化条件下的局部战争上。

1995 年中央军委提出,要努力实现我军的两个转变:一是由数量规模型向质量效能型的转变,二是由人力密集型向科技密集型的转变。这是中国军队建设指导方针的又一个历史性发展。

历史的车轮驶入 21 世纪,国际安全呈现出许多新特点,而中国进入全面建设小康社会的新阶段。

2004 年末,在军队一次重要会议上,胡锦涛郑重提出:军队为党巩固执政地位提供重要的力量保证,为维护国家发展的重要战略机遇期提供坚强的安全保障,为维护国家利益提供有力的战略支撑,为维护世界和平和促进共同发展发挥重要作用。这进一步明确了新世纪新阶段人民军队的历史使命。

胡锦涛强调,必须把科学发展观作为国防和军队建设的重要指导方针,科学筹划、科学组织、科学实施军队建设,加快中国特色的军事变革,做好军事斗争准备,提高军队应对多种安全威胁、完成多样化军事任务的能力。

30 年来,在邓小平、江泽民、胡锦涛三位统帅的运筹帷幄下,人民军队与时代同行,与祖国同行,与改革同行,锐意进行自身的改革,留下了一条闪亮的足迹。

人才是建军治军之本。

有着光荣传统的国防大学是人民解放军培养高级联合作战指挥人才的基地,是共和国将军的摇篮。

近年来,人民解放军不断加大实施人才战略工程的力度。建立和完善以任职教育为主体、军事高等学历教育和任职教育相对分离的新型院校体系,走出了依托国民教育培养军事人才的路子,制定和调整改革一系列有利于吸引和保留人才、有利于优秀人才脱颖而出的政策制度。

2008 年 3 月 15 日,中国军队的“智库”——军事科

学院迎来了建院 50 周年。胡锦涛视察了军事科学院,观看了联合作战研究实验中心的演示。

随着这一实验中心的建成并投入使用,以先进的计算机模拟仿真技术为支撑,人民解放军军事理论研究由以思辨为主走向思辨与实验并重,由以定性分析为主走向定性与定量分析并重。研究手段与方式发生历史性转变。

2006 年,中国自主研发的导弹驱逐舰亮相海上。在这一年末,中国自主研制的歼—10 战机凌空展翅。

30 年来,中国在航空、航天、舰船、军用电子、工程物理等国防科技领域取得一批具有世界先进水平的成果,各军兵种主战装备逐步更新换代。

人民解放军在机械化与信息化复合型发展中迈出了坚实步伐,基本建成新型主战装备、电子信息装备和保障装备协调发展、具有中国特色的现代化武器装备体系。

"砺剑"、"铁拳"、"和平使命"……中国军队所进行的一系列精彩纷呈的军事演习引人注目。

在不打仗的时候,部队战斗力的提高靠训练。

邓小平、江泽民、胡锦涛三位领导人均对军事训练提出了很高的要求。

　　邓小平指出,把教育训练提到战略位置;江泽民倡导科技练兵;胡锦涛强调,要推进军事训练从机械化条件向信息化条件下转变。

　　人民解放军不断拓展军事训练的内容和领域,从合同作战训练、科技练兵逐步转向基地化、模拟化、网络化和一体化联合训练,不断地以新型训练来推动战斗力生成模式的转型和战斗力生成。

　　伴随着国家经济社会的发展,人民解放军不断提高后勤保障效益,加强后勤管理,推进改革,全面建设现代化的后勤保障体系。

　　2007 年 4 月,济南军区大联勤试点正式运行。这标志着中国军队向三军一体化后勤保障体制的目标迈出重要一步。

　　随着保障体制向一体化推进,保障方式向社会化拓展,保障手段向信息化迈进,后勤管理向科学化转变,中国军队的综合保障能力得到快速发展,官兵工作生活条件显著改善。军服的变迁也从一个侧面折射了军队后勤建设取得的成就。

　　优秀的部队具有着优秀的思想和传统。

　　2006 年 10 月,胡锦涛在纪念红军长征胜利 70 周年

大会上指出："建设一支听党指挥、服务人民、英勇善战的革命军队，是革命的依托、民族的希望。"

"听党指挥、服务人民、英勇善战"，这 12 个字集中体现人民军队的优良传统和政治本色，彰显了这支人民军队的时代风采。

30 年来，全军部队大力加强和改进思想政治建设，坚持不懈地用党的创新理论武装官兵，始终坚持党对军队绝对领导的根本原则和人民军队的根本宗旨，积极构建社会主义核心价值体系，广泛宣传英雄模范人物，有力促进了军事斗争准备等各项任务的完成。

1999 年 7 月，全军召开政治工作会议，形成《关于改革开放和发展社会主义市场经济条件下军队思想政治建设若干问题的决定》，加强军队各级党组织先进性建设，两次召开全军英模大会，相继推出张华、苏宁、李国安、李向群、杨业功、丁晓兵、某集团军防空旅、方永刚、向南林等一大批先进典型。

30 年来，人民军队听从党的指挥，响应人民的召唤，在维护国家主权、安全以及维护世界和平的斗争中；在参加和支援国家现代化建设中；在执行反恐、维护稳定、处理突发事件和抢险救灾等非战争军事行动中，以英勇顽

强的战斗作风,为祖国、为人民建立了不朽的功勋。

日益开放的中国,基于维护世界和平、构建和谐世界的理念,已经越来越多地承担起国际维和的使命。

在由联合国领导的维和行动中,中国成为安理会常任理事国中派兵最多的国家之一。在苏丹、在刚果(金)、在利比里亚、在黎巴嫩……来自中国的蓝盔部队,受到当地人民的高度赞誉和同行的普遍尊敬。

在国际舞台上,人民军队充分展示了威武之师、文明之师、和平之师的良好形象。

中共十七大指出,要在全面建设小康社会的进程中努力实现富国与强军的统一。

这是一个热爱和平的国家,这是一支珍惜和平的军队。

30 年的发展使中国的钢铁长城更加稳固,使人民军队更加忠勇。他们将积极地承担起党和人民赋予的神圣职责,坚决维护国家的主权、安全和领土完整,为维护世界的和平贡献无穷力量!

第十七集　统一大业

【统 一 大 业】

1997年7月1日,这是一个历史性时刻。这一刻,宣告了旧时代的结束,新时代的来临——中国政府对香港恢复行使主权,中华人民共和国香港特别行政区正式成立。结束了英国100多年的殖民统治,香港回到祖国的怀抱。这是中国百年梦圆的时光,也是世界和平所迈出的重要一步。

两年之后的1999年12月20日,中国政府对澳门恢复行使主权,中华人民共和国澳门特别行政区正式成立。

解决香港、澳门、台湾问题,完成祖国统一大业,始终是中国人民为之不懈奋斗的神圣事业。

改革开放之初的 1979 年元旦，全国人大常委会发表《告台湾同胞书》，宣布了和平统一的大政方针。

文章首次提出，"希望双方尽快实现通航通邮……发展贸易，互通有无，进行经济交流"。这标志着中国共产党和中国政府对台方针政策出现重要转变。

邓小平一刻也没有忘记祖国的统一大业。在改革初期，他多次谈到台湾问题，明确提出要把台湾回归、完成祖国统一提到具体日程上来，并创造性地提出了"一国两制"的科学构想。

1981 年国庆前夕，全国人大常委会委员长叶剑英向新华社记者发表谈话，阐明了中国政府关于台湾回归祖国、实现和平统一的九条方针政策。邓小平后来说，这九条方针实际上就是"一个国家，两种制度"，即在国家实现统一的大前提下，国家主体实行社会主义制度，台湾实行资本主义制度。

1982 年 12 月，五届全国人大第五次会议通过《中华人民共和国宪法》,其中第 31 条规定"国家在必要时得设立特别行政区",指的就是实行"一国两制"。

"和平统一、一国两制"成为中国共产党和中国政府完成祖国统一大业的基本方针,并且在宪法上得到了保证。

"一国两制"这一充满政治智慧的构想本来是为解决台湾问题而提出的。在实践中,首先在香港和澳门回归上结出了硕果。

根据"一国两制"的构想,中国政府确定了解决香港、澳门问题的方针政策。1984 年 12 月 19 日,中英两国政府正式签署关于香港问题的联合声明。1987 年 4 月,中葡两国政府签署了关于澳门问题的联合声明。

此后,全国人民代表大会先后通过了《中华人民共和国香港特别行政区基本法》和《中华人民共和国澳门特别行政区基本法》。

1997 年 7 月 1 日、1999 年 12 月 20 日,中国政府先后对香港、澳门恢复行使主权,并分别成立了香港、澳门特别行政区和特区政府。

香港、澳门顺利回归,是祖国统一大业进程中重要的里程碑,是中国共产党对于中华民族作出的历史性贡献。

香港和澳门回归后,中央政府切实推行"一国两制"、"港人治港"、"澳人治澳"的方针,坚持不干预特别行政区自治范围内的事务,并从许多方面给予特别行政区必要的支持和帮助,保持了香港、澳门的社会稳定和经济发展。

香港同胞不会忘记,当人们还沉浸在回归祖国的喜悦中时,一场蔓延亚洲的金融危机使香港金融体系面临严峻的挑战。关键时刻,特区政府得到了中央政府的坚定支持,化险为夷,香港国际金融中心的地位经受住了考验。

2003年出现的"非典"疫情对香港旅游业造成了严重打击。对此,中央政府及时推出一系列措施,为香港经济注入新的动力。回归以来,内地与香港相互促进、协调合作,赢得了共同的发展。2005年,内地与香港的贸易占香港整体贸易总值的45%。回归后,香港政治体制改革稳步推进,司法独立得到切实保障,政府保持廉洁。

回到祖国怀抱后,澳门也焕发了勃勃生机:连续4年负增长的本地生产总值在回归后迅速实现正增长;7年的年均实际增速达到12.1%,2007年更是超过了27%,

失业率大幅降至3%,居民收入水平明显提高,社会治安良好。

香港、澳门回归,使"一国两制"由科学构想变为生动的现实,这为解决台湾问题、促进祖国完全统一提供了宝贵经验。

1987年底,长达38年之久的两岸同胞隔绝状态终于被冲破,台湾同胞开始来大陆探亲、旅游、投资,两岸同胞的交流交往迅速发展起来。

1990年台湾方面成立了海峡交流基金会,1991年大陆成立海峡两岸关系协会。1992年,双方就在两岸事务性协商中如何表述"海峡两岸均坚持一个中国原则"达成了共识,这就是"九二共识"。

1993年4月27日,海峡两岸关系协会会长汪道涵与海峡交流基金会董事长辜振甫,在新加坡举行了举世瞩目的"汪辜会谈",签署了《汪辜会谈共同协议》等四项文件。

"汪辜会谈"的成功举行,标志着两岸关系迈出了历史性的重要一步。

1995年1月30日,江泽民发表了《为促进祖国统一大业的完成而继续奋斗》的重要讲话,提出了现阶段发

展两岸关系、推进祖国和平统一进程的八项主张。

江泽民重申：坚持一个中国的原则，是实现和平统一的基础和前提；进行海峡两岸和平统一谈判，是我们的一贯主张。

这一重要讲话，成为推动两岸关系发展、促进祖国统一的纲领性文件。

伴随着祖国大陆的改革开放和各项建设事业的蒸蒸日上，两岸人员往来和经济、文化等各领域的交流蓬勃发展。

虽然"台独"分裂势力逆潮流而动，不断干扰两岸关系的改善和发展，破坏两岸民众的交流交往，但这丝毫不能动摇中国共产党和政府推动两岸关系发展、最终实现和平统一的决心，也丝毫不能动摇中国共产党和政府维护国家主权和领土完整、维护中华民族根本利益的坚强决心。

2005 年 3 月，胡锦涛就新形势下发展两岸关系提出四点意见：坚持一个中国原则决不动摇；争取和平统一的努力决不放弃；贯彻寄希望于台湾人民的方针决不改变；反对"台独"分裂活动决不妥协。

2005 年 3 月 14 日，十届全国人大三次会议审议通过《反分裂国家法》，把解决台湾问题的大政方针以法律形式固定下来。

这部法律，充分体现了中国共产党和中央政府以最大的诚意、尽最大努力争取和平统一的一贯主张，表明了全体中国人民维护国家主权和领土完整，绝不允许"台独"分裂势力以任何名义、任何方式把台湾从中国分裂出去的共同意志和坚强决心。

2005 年 4、5 月，中国国民党主席连战、亲民党主席宋楚瑜相继应邀返回大陆。胡锦涛分别与连战、宋楚瑜进行会谈，就坚持"九二共识"、反对"台独"和发展两岸关系等问题达成重要共识。

2006 年 4 月，胡锦涛在会见出席两岸经贸论坛的台湾人士时，呼吁两岸同胞携起手来，牢牢把握两岸关系和平发展这个主题，推动两岸关系朝和平稳定的方向发展，共同开创两岸关系和平发展的新局面，共同促进中华民族的伟大复兴。

大陆方面始终坚持采取积极举措，促进两岸人员往来和经济、文化等各领域的交流、合作，推动两岸直接"三通"，维护广大台湾同胞的利益和福祉。

2005 年 5 月，大陆方面宣布向台湾同胞赠送一对大

熊猫、开放大陆居民赴台旅游;随后,陆续推出60多项促进两岸交流合作、惠及台湾同胞的政策措施,受到台湾同胞的欢迎和国际舆论的好评。

两岸人员往来日益密切;

两岸经贸合作日益加强;

海峡两岸在相互合作中得到巨大的发展。

目前,大陆已成为台湾最大的贸易伙伴、出口市场和贸易顺差来源地。

坚冰融化,唤起了血浓于水的亲情。

2008年3月,台湾局势发生了重大的积极变化。两岸关系在经历重重波折之后,迎来了新的历史性的转机。

针对这种情况,胡锦涛指出,在新的形势下,国共两党应该共同把握和用好难得的历史机遇,建立互信、搁置争议、求同存异、共创双赢,继续依循并切实落实"两岸和平发展共同愿景",开创两岸关系和平发展新局面,为两岸同胞谋福祉,为台海地区谋和平,不辜负两岸同胞的期待。

中断近十年的两岸协商在"九二共识"基础上得到恢复,两岸周末包机和大陆居民赴台旅游如期启动。两岸交流的新篇章悄然翻开。

数字30年

　　截至 2007 年,台湾同胞来大陆累计达 4703 万人次,大陆居民往来台湾已达 163 万人次;大陆累计共批准台商投资项目 74327 项,台商实际投资 450.9 亿美元;两岸累计贸易总额 7281 亿美元,台湾获得的贸易顺差累计 4763 亿美元。

　　一场突如其来的大地震,唤起了台湾同胞的手足之情。

　　一届精彩纷呈的体育盛会,激发了两岸人民的共同心声。

　　这一切都证明:两岸同胞血浓于水的民族亲情是茫茫海峡难以阻隔、分裂势力无法漠视的天然纽带。

　　改革开放 30 年来,随着中国大陆的政治影响力、文化凝聚力和经济吸引力稳步提高,两岸政党高层接触频繁,两岸关系不断得到发展。

　　在今天, 和平发展日益深入人心, 两岸关系发展面

临难得的历史机遇。对于最终实现祖国的完全统一，对于最终实现中华民族的伟大复兴，人们有理由充满信心。

第十八集 和平发展

改革开放30年纪实

【和平发展】

实现和平发展,是中国人民的真诚愿望和不懈追求。

改革开放以来,中国成功地走上了一条与本国国情和时代特征相适应的和平发展道路。

通过这条道路,中国人民正努力把自己的国家建设成富强、民主、文明、和谐的现代化国家,并以自身的发展不断对人类进步事业作出新的更大的贡献。

中华民族历来就是热爱和平的民族。600 年前,中国明代著名航海家郑和率领当时世界上最强大的船队"七下西洋",给世界带来和平与文明。这充分地反映了古代中国与周边国家和人民加强交流的诚意。

然而,1840 年鸦片战争以后的 100 多年里,灾难深重的中国人民遭受了列强的欺辱。

经过艰苦卓绝的斗争,中国人民赢得了民族独立、人民解放事业的胜利。

为了建设独立富强、民生幸福的国家,中国人民艰苦奋斗,在人口多,底子薄,发展不平衡的基础上,取得了巨大的发展成就。

经历过灾难和贫穷的中国人民最需要、最珍爱和平的国际环境。

1985 年 3 月,邓小平在会见日本商工会议所访华团时说:"现在世界上真正大的问题,带全球性的战略问题,一个是和平问题,一个是经济问题或者说发展问题。"

和平与发展是时代主题这一重大战略判断,科学地概括了当代世界的本质特征。维护世界和平,促进共同发展,已经成为中国的国家意志。在中国现代化建设的进程中,中国人民深刻地认识到和平、开放、合作、和谐、共赢的价值。维护和平、促进发展,事关各国人民的福祉,是各国人民的共同愿望,也是不可阻挡的历史潮流。

1993 年 11 月,江泽民在亚太经合组织第一次领导人非正式会议上提出,应通过共同努力,把一个安全的、和平的、稳定的、有利于经济发展的世界带到 21 世纪,为人类迎来真正的和平与繁荣。

人类只有地球一个家园。

建设一个持久和平、共同繁荣的和谐世界,是世界各国人民的共同心愿,是中国走和平发展道路的崇高目标。

2005 年 9 月,胡锦涛在联合国成立 60 周年首脑会议上发表演讲,强调中国将坚定不移地高举和平、发展、合作的旗帜,坚定不移地走和平发展道路,致力于建设一个持久和平、共同繁荣的和谐世界。

2007 年 10 月,在中共十七大报告中,胡锦涛再次庄严宣告:不管国际风云如何变幻,中国政府和人民都将高举和平、发展、合作旗帜,奉行独立自主的和平外交政策,维护国家主权、安全、发展利益,恪守维护世界和平、促进共同发

展的外交政策宗旨。中国将始终不渝走和平发展道路。

这是人类追求文明进步的一条全新道路，是中国现代化建设的必由之路，是中国政府和中国人民的郑重选择和庄严承诺。

30 年来，中国始终坚持独立自主的和平外交政策，在和平共处五项原则的基础上同世界各国发展友好关系。它既为中国的发展赢得了持续稳定良好的国际环境，又使中国以自身的发展促进了世界的和平与共同繁荣。

中美关系具有全球影响。1979 年 1 月，邓小平访美，揭开了中美关系史的新篇章。2001 年 10 月，江泽民与美国总统布什在上海 APEC 会议期间会晤，一致同意致力于发展中美建设性合作关系。

中美关系走过了不平凡的 30 年，总体取得了长足发展。两国已建立 6 大类 60 多个对话和磋商机制，成功举办了五次战略经济对话和五次战略对话。

中俄是世界上陆地边界最长的邻国。1996 年 4 月，两国领导人签署了《中俄联合声明》，宣布发展平等信任、面向 21 世纪的战略协作伙伴关系。2001 年 7 月，双方签署《中俄睦邻友好合作条约》，承诺"世代友好、永不为敌"，永做好邻居、好朋友、好伙伴。2008 年 7 月，中俄两国外长签署《中俄国界线东段补充叙述议定书》，标志着两国长达4300多公里的边界全线勘定。

近年来，中俄两国各领域合作机制有效运转，双边关系达到前所未有的高水平。高层领导人互访不断。双方贸易连续保持快速增长。

30年来，中欧关系在曲折中向前发展，形成了全方位、宽领域、多层次的合作局面，战略伙伴关系内涵不断丰富和深化。双方确立了40多个对话磋商机制，涉及政治、经济、金融、科技、能源、文教等40多个领域。

中欧经贸关系持续保持迅猛增长，双边贸易额连续5年保持年均20%以上的增幅，2007年达到3561.5亿美元。目前，欧盟是中国最大的贸易伙伴，最大的技术引进来源地和重要的投资来源地。中国成为欧盟第一大进口来源国和第二大贸易伙伴。中欧务实合作给双方带来了巨大的利益，促进了世界的和平与发展。

中日两国是一衣带水的邻邦。1978年8月，两国缔结《中日和平友好条约》。1998年11月，江泽民访问日本，这是中国国家元首首次正式访日，双方发表《中日关于建立致力于和平与发展的友好合作伙伴关系的联合宣言》。2006年10月，两国就构筑中日战略互惠关系达成了共识。2008 年 5 月,胡锦涛访问日本,实现"暖春之旅",双方发表《中日关于全面推进战略互惠关系的联合声明》。

长期以来,中国奉行睦邻友好政策,"与邻为善、以邻为伴",积极推进同周边国家和地区的交流与合作,已成为周边国家的"好邻居、好伙伴"。

中非合作论坛、中阿合作论坛、中国与里约集团政治对话等,成为新时期中国加强同发展中国家集体对话与合作的成功尝试。

中国积极参与联合国事务,推动国际政治经济秩序向公正合理的方向发展,促进国际关系民主化。在国际事务中,中国尊重各国人民自主选择发展道路的权利,不干涉别国内部事务,不把自己的意志强加于人,致力于和平解决国际争端,奉行防御性国防政策,永远不称霸,永远不搞扩张。

中国积极参与多边事务,承担相应国际义务。迄今,中国已签署了 300 多个国际公约,参加了 100 多个政府间国际组织,并在联合国改革、军备控制、贸易投资、反恐防扩、可持续发展等多边事务中扮演重要角色。

中国通过 APEC、上海合作组织、中国—东盟(10 +

1)合作、东盟与中日韩(10+3)合作、大湄公河次区域经济合作,以实际行动推动与周边地区建立睦邻互信,为促进地区的和平、稳定与发展作出重要贡献。

中国积极参与解决朝鲜半岛核问题、伊朗核问题、中东地区冲突等,为处理国际和地区一些热点问题发挥了建设性作用,促进世界共同安全。

中国积极参与维和行动,已成为维护国际和平与安全的积极力量。迄今,中国共参与22项联合国维和行动,累计派出维和人员上万人次,现正在执行维和任务的有2100多人,是联合国安理会5个常任理事国中派出维和人员最多的国家。

中国在力所能及的范围内积极帮助其他发展中国家,促进共同发展。中国已向120多个国家和地区援助建设了近2000个项目,对49个重债穷国和最不发达国家减免了247亿元人民币的债务。

中国政府积极应对全球气候变化等重大国际问题,已成为国际社会应对全球性问题的负责任一员。

近年来,中国与有关国家合作举办了各种形式的"文化周"、"文化行"、"文化节"、"文化年"等活动,通过与各种文明之间的交流与对话,不断促进不同文明的相

互包容。

　　中国共产党坚持"独立自主、完全平等、互相尊重、互不干涉内部事务"的党际关系四项原则，与世界上 160 多个国家和地区的 500 多个政党及政治组织保持着不同形式的友好交往和联系，一个全方位、多渠道、宽领域、深层次的政党外交新局面基本形成。

　　中国坚持实行互利共赢的对外开放战略，把既符合本国利益、又能促进共同发展，作为处理与各国经贸关系的基本原则，坚持在平等、互利、互惠的基础上同世界各国发展经贸关系，不断为全球贸易持续增长作出贡献。

　　新的世纪展现了光明前景，人类社会正以从未有过的速度发展前进。然而，当今世界和平与发展两大问题仍没有得到根本解决。人类建设一个持久和平、共同繁荣的和谐世界依然任重道远。

　　中国发展离不开世界，世界繁荣稳定也离不开中国。中国是当今世界上最大的发展中国家。13 亿中国人民走和平发展道路，为人类和平与发展的崇高事业增添了极其重要的积极因素。中国人民将继续同各国人民一道，为实现人类的美好理想而不懈努力，对人类和平与发展的崇高事业作出更大的贡献。

第十九集　关键在党

【关 键 在 党】

从 1978 年到 2008 年,世界风云变幻,发生了许多重大而深刻的变化。在世界东方,一个拥有十三亿人口的发展中大国在悄然地创造着奇迹,这就是中国的改革开放和社会主义现代化建设。

世界上许多有识之士都在探寻中国腾飞的奥秘。众说纷纭之中,一个最关键、最根本的因素成为人们的共识,这就是中国共产党的坚强领导。

30 年来,面对世情、国情、党情的深刻变化,中国共产党坚持以改革创新的精神加强自身建设,不断提高执政水平和领导水平,始终保持和发展党的先进性,引领中国的改革开放事业沿着正确方向破浪前行。

办好中国的事情,关键在党。

坚持党的领导,必须加强党的建设。

中共十一届三中全会,开启了改革开放的历史新时期,同时开启了中国共产党建设的历史新时期。

以邓小平同志为核心的党的第二代中央领导集体,在开辟中国特色社会主义新道路的历史进程中,开创了党的建设新的伟大工程。

邓小平提出了一个对党的建设带有全局性、根本性的问题:"执政党应该是一个什么样的党,执政党的党员应该怎样才合格,党怎样才叫善于领导?"他指出,要把党建设成为领导人民进行社会主义物质文明建设和精神文明建设的坚强核心。

围绕这个目标,党中央作出了一系列重大决策和部署。

为健全党规党法,中共十一届五中全会通过了《关于党内政治生活的若干准则》。在十二大上,中共中央颁布了新党章。从 1983 年起,中国共产党用了 3 年时间对党的思想、作风和组织进行了整顿,全党在思想、作风、组织、纪律等方面有了很大的改善。

中国共产党废除了实际存在的领导职务终身制,调整和充实党的各级领导班子,推动新老干部的交替与合作;恢复和新建各级党校,筹建国家行政学院,大力提高干部队伍的素质。这从根本上保证了改革开放事业的稳步发展和不断推进。

20 世纪 80 年代末 90 年代初,中国国内发生严重的政治风波,同时国际局势风云突变。

面对严重困难和压力,以江泽民同志为核心的党的第三代中央领导集体毫不动摇地坚持党的基本路线,在全面开创中国特色社会主义事业新局面的同时,把党的建设新的伟大工程成功地推向了 21 世纪。

中共中央先后发出了《关于加强党的建设的通知》等一系列重要文件,认真解决党组织和党员队伍中存在的突出问题,使党建工作取得明显成效。

1992 年中共十四大召开以后,中共中央相继就全党认真学习邓小平理论、加强领导班子建设、深入开展反腐败斗争等重要问题作出部署。

在中共十四届四中全会上，中共中央作出了《关于加强党的建设几个重大问题的决定》。

1997 年召开的中共十五大明确提出面向新世纪全面推进党的建设新的伟大工程，并指出了这一伟大工程的目标、总体部署和战略任务。

中共十五大以后，全党兴起了学习邓小平理论的新高潮。随后，中共中央在全国县级以上党政领导班子、领导干部中开展了以"讲学习、讲政治、讲正气"为主要内容的党性党风教育。

从 2000 年底开始，中共中央在全国农村开展"三个代表"重要思想学习教育活动。

在 2001 年召开的十五届六中全会上，中共中央作出了《关于加强和改进党的作风建设的决定》，对加强作风建设作出了全面部署。此后，全党着力解决思想作风、学风、工作作风、领导作风和干部生活作风方面存在的突出问题，取得了重要成效。

同时，中国共产党采取坚决有力的措施，深入进行反腐败斗争。

领导干部廉洁自律、查处大案要案、纠正部门和行业不正之风成为中国共产党反腐败工作的三项基本内容。

200

通过共同努力,从源头上预防和遏制腐败,使全党的党风廉政建设和反腐败斗争不断取得成果。

中共十六大以来,以胡锦涛同志为总书记的党中央牢牢把握党的执政能力建设和先进性建设这条主线,不断加强党的建设,在全面建设小康社会实践中坚定不移地把党的建设新的伟大工程继续推向前进。

在 2004 年召开的十六届四中全会上,中共中央作出《关于加强党的执政能力建设的决定》,明确了加强党的执政能力建设的指导思想、目标任务和各项部署。

2003 年 6 月,中共中央部署在全党兴起学习贯彻"三个代表"重要思想的新高潮,从 2005 年 1 月开始,又在全党开展以实践"三个代表"重要思想为主要内容的保持共产党员先进性教育活动。

这一活动涉及近 7000 万名党员,350 多万个基层党组织,取得显著成效。在活动中,新建基层党组织 13 万个,整顿软弱涣散、不起作用的基层党组织 15.6 万个,集中培训基层党组织负责人 291.9 万名。

在全党开展深入学习实践科学发展观活动,是中共十七大作出的重大战略部署。根据这一部署,中共中央决定,从 2008 年 9 月开始,用一年半左右的时间,在全党

分批开展深入学习实践科学发展观活动,以更好地用中国特色社会主义理论体系这一马克思主义中国化最新成果武装和统一全党思想,动员全党更好地为实现十七大提出的宏伟蓝图和行动纲领而团结奋斗。

为提高干部队伍的素质,中国共产党颁布了《干部教育培训工作条例(试行)》、《2006—2010 年干部教育培训规划》,建立了中国浦东、井冈山、延安干部学院和大连高级经理学院,加强对党的领导干部的培养和教育。

为加强党内民主建设,中国共产党积极稳妥地推进党内选举制度改革,颁布了《党员权利保障条例》、《党内监督条例(试行)》,从中央到地方陆续建立起巡视制度。

在反腐倡廉方面,中共中央颁布实施《建立健全教育、制度、监督并重的惩治和预防腐败体系实施纲要》,出台《建立健全惩治和预防腐败体系 2008—2012 年工作规划》,切实加强反腐倡廉工作,组建国家预防腐败局,由纪检监察部门对派驻机构实行垂直领导、统一管理。

一系列加强和改进党的建设的措施,有力地提升了中国共产党的执政能力和拒腐防变能力。

新时期最突出的标志是与时俱进。

30 年来,中国共产党在领导中国人民进行改革开放伟大实践的过程中,把马克思主义基本原理同中国具体实际和时代特征相结合,积极推进理论创新,先后创立了邓小平理论、"三个代表"重要思想和科学发展观等重大战略思想,形成了中国特色社会主义理论体系。同时,坚持用科学理论武装全党、指导实践、推动工作,使理论成果转变为巨大物质力量。

30年来,中国共产党大力加强领导班子建设和干部队伍建设,不断优化干部队伍结构,培养造就了一支总体上适应改革开放和社会主义现代化建设的干部队伍。

30年来,中国共产党在加强和改进农村、企业、机关、学校、科研院所、事业单位等基层党组织建设的同时,积极加强社区、新经济组织和新社会组织等领域的党建工作,扩大了基层党组织的覆盖面,增强了基层党组织的凝聚力、战斗力。基层党组织成为团结带领群众进行改革和建设的战斗堡垒,为推动发展和维护稳定作出了重要贡献。

30年来,中国共产党大力加强党员队伍建设,改进党员教育管理,认真做好在工人、农民、知识分子、军人和干部中的先进分子中发展党员工作的同时,积极稳妥地在新的社会阶层中发展党员,不断巩固党的阶级基础,扩

大党的群众基础。广大党员在改革开放和社会主义现代
化建设的各项事业中发挥着先锋模范作用,充分展示了
新时期共产党人的时代风范。

数字30年

改革开放初期,全国党员总数是 3600 多
万名。截至 2007 年底,全国党员总数为
7415.3 万名;2007 年全国发展党员 278.2 万
名,其中发展学生党员增幅最为明显,比上年
多发展 13.5 万名;全国申请入党人 1950.6 万
人,比上年增加 43.3 万人,增幅为 2.3%。这
是一支不断壮大的队伍。目前,全国共有党的
基层组织 366.3 万个,其中基层党委 17.6 万
个,总支部 22.2 万个,支部 326.5 万个。这是
一支坚强而稳固的力量。

沧海横流,方显英雄本色。

改革开放 30 年的伟大实践证明:只有坚持改革开放
和中国特色社会主义道路才能实现中华民族伟大复兴,
只有中国共产党才能引领中国走向更加辉煌的未来!

新世纪新阶段,在中国共产党的领导下,中国人民高举中国特色社会主义伟大旗帜,继续推进改革开放的伟大事业,一定能够创造新的辉煌,谱写出美好生活新篇章!